2018年,主持《乡村大世界》20周年特别节目

2018年,主持《乡村大世界》20周年特别节目,左为毕铭鑫

2009年,参加北大新闻传播学院07级专升本毕业典礼,左为新闻班班长王芳

北大新闻传播学院07级专升本毕业典礼,后排左二为薛宝海,后排左四为副院长陈刚

《星光大道》录制现场,右为王二妮

《星光大道》化妆间,左为李玉刚

2002年,大连电视台《大赢家》录制现场　　1998年,在哈尔滨松花江边采访抗洪抢险现场

2011年,在重庆长江边拍摄《长江清漂队》

2011年,在昆明拍摄《我为滇池狂》,左为张正祥

薛宝海 著

逆流顺流

我的电视时代

重庆出版集团 重庆出版社

目录

代序

第1章　机遇：走进央视 / 001

　　北京的冬天特别冷 / 004

　　幸运是要争取的 / 012

　　暖心的李咏 / 018

　　成也题库　败也题库 / 021

　　一意孤行的后果 / 026

第2章　蛰伏：大连四年 / 031

　　从摄像做起 / 033

　　复刻的幸运 / 039

　　改版是一次机遇 / 042

　　凭本事拿冠军 / 045

　　又一次跌倒 / 048

　　无意中成为网络红人 / 053

　　歪打正着的批判 / 056

第 3 章　初心：重返央视 / 063

　　新闻工作者的年会 / 066

　　在《焦点访谈》做出镜记者 / 068

　　高手云集的节目 / 074

　　南院记忆 / 079

　　高标准，严要求 / 083

　　感谢水均益 / 086

　　"爱忘词"的程前 / 089

第 4 章　幕后：追忆红楼梦中人 / 101

　　紧急制作特别节目 / 104

　　生活中的她们 / 107

　　集体追忆的时刻 / 111

第 5 章　使命：与凤凰卫视携手 / 115

　　不辜负你的信任 / 118

"智劫"最美火炬手金晶 ／ 122

　　体育也疯狂 ／ 128

　　英雄与芭蕾女孩 ／ 130

第6章　出镜：电视人的情怀 ／ 135

　　那座无人领取的奖杯 ／ 138

　　模仿也是一种致敬 ／ 143

　　《等着我》的前世今生 ／ 146

　　做外景主持人 ／ 148

　　越平凡越动人 ／ 154

　　这里的孩子都姓党 ／ 165

第7章　璀璨：造星神话《星光大道》 ／ 169

　　轰动一时的假票事件 ／ 172

　　造星神话 ／ 175

　　特色最重要 ／ 183

节目好才是硬道理 ／ 186

他们最可爱 ／ 188

收视率创新高 ／ 203

凤凰传奇回来了 ／ 207

第 8 章　难忘：北大执教 ／ 211

感受北大名师制度 ／ 214

请嘉宾来到课堂 ／ 218

课堂上的点点滴滴 ／ 226

最后一堂课 ／ 229

期末无人打小抄 ／ 232

你们太优秀 ／ 233

"最受欢迎的薛老师" ／ 236

附　文　我欣慰，你记住了我的名字 ／ 239

代序

宝海与众不同

北京大学新闻与传播学院广播电视系副主任　阿忆

如果没有记错的话,我与宝海相识,最初是缘于我偶然在互联网上读到他的几篇评论。这些评论没有司空见惯的平庸泛泛之语,字句直指要害,于是我们有了网上的互动,后来我们在央视新闻评论部的食堂邂逅,成了线下的朋友。

那时候,是电视广播的鼎盛辉煌时期。我实在太忙了,同时担任五档栏目的总策划,还兼任其中三档栏目的主持人,工作量远超负荷,却仍有大量业务纷至沓来。于是,我强力推荐宝海替代我,或担任节目总策划,或担任专题片总撰稿,或来北大新闻与传播学院讲授必修课,并按我的标准确定了他的薪酬。

之所以这样做,主要有三个原因,一是,宝海评价节目,总有独特发现和独到见解,不像绝大多数所谓策划人那样漫无边际,提出一些完全不切实际的可笑建议,他确实会让雇主受益;二是,宝海只身闯荡京城,根基尚未牢靠,要为闺女挣钱,实在不易,书中也记录着他的挫折和沮丧；三是我的视野范围内，着实没有什么能够真正辅佐节目做合格谋士的人，用心的策划人已有归属，没有归属的所谓策划人不过是些混混。

好在宝海每次接过这些任务，都以极大的热情悉心投入，获得了不错的结果。

与绝大多数疲于应对工作的同人不一样，宝海始终是一个随时随地勤于灵动思索的人，这可能是他的天性，所以他有许多立竿见影的"灵丹妙药"。比如，他说如何判断主持人串场词有没有价值，很简单，如果把一段串场词删掉，片子丝毫没有受损，那这段串场词便毫无意义。实话说，我写的串场词全部不可删除，因为删除便会造成前后段落的信息缺失，但我从来没有从道理上提炼出如此简洁的判断标准。这个道理，无论对于课堂上学习视频写作的学生，还是对于在一线劳作多年的撰稿人，都可谓醍醐灌顶。

与同人们更不一样的是，宝海善用笔，一直笔耕不辍，愿更多的人无偿分享他的心得。对于常人来说，写作是要气力的，但对宝海而言，把观察、思索、发现记录下来，只是一种轻松的乐趣，如果不让他这样做，他会闷闷不乐。他写出许许多多关于节目经营的散篇，又写出这部对电视广播业界指点江山的长篇，其实对他来说没什么难度。

宝海的与众不同还在于，他对每件事的来龙去脉拥有超好的记忆力。不知道这是用心使然还是对过程和细节具有天然的存储性能。我们绝大多数同人，常年忙碌，阅人无数，历尽沧桑，超量的信息经过大脑，所以二十多年过去，会遗忘大量事件。让我回想与宝海如何相识的细节，十分困难，而且回想的还不一定准确。有时候，听到宝海提起我曾对他说过的话，我都大为惊讶。要知道，我对细节的记忆能力已经超出常人，那宝海的天赋会是什么样呢？因此这本书中，充斥着许许多多有趣的幕后故事，阆中暗访、程前不慎泄露于丹会惊奇现身的秘密安排、特设无人领取的奖杯、《星光大道》的600张假票等等，可以当作趣事来阅读。

那个时候，电视台有太多的节目组不会做节目，在收视市场上束手无策，我们这类编外策划人大有用武之地，促使受众喜闻乐见的节目如雨后春笋。非常可惜的是，我们都没有想到，电视广播的黄金时代如此短促，媒介生态发生了翻天覆地的变化，当年的许多宝贵经验在数字媒介时代忽然没了价值。好在新兴的视频传播与正在消亡的电视广播毕竟存在着联系和某些共性，宝海书中仍有许多思考和讨论值得回味，而那些不再适用的道理，就算是对我们那段激情四射年代的一种纪念吧。

代序／宝海与众不同

第 1 章

机遇

走进央视

梦想固然应该有，但是请记住，梦想的核心不是"梦"，而是"想"。如果没有"想"，梦想永远只能是"梦"。

"想"是什么？是构想，也就是说，你必须花费很多精力去计划，做更长远的规划。你"想"得越周到，越切实可行，你的"梦"就越有可能变为现实。

我在这个阶段犯的最大的错误就是只有"梦"，没有"想"。

而且，我是O型血，双子座，情绪波动很大。冲动是魔鬼，一个受情绪控制的人，只会让幸运之神躲着他。

有位"高人"说我运气一直不好，但是他说，好在，才气高过了运气，才让我跌跌撞撞地度过了北漂的第一阶段。

假如人生可以重来，我一定会多结交几位年长的朋友，那样的话，在1998年辞去公职之前，我会多征求这些年长朋友的意见，他们会帮我规划得更长远，我至少可以留住省电台分给我的小房子，关键时刻，会用它换几万元钱，而且我也会先办理一个停薪留职，而不是贸然辞职，不留后路。因为那时候我在北京并没有找到下家。

这些事情虽不会影响我的人生方向,但是会让我的北漂之路走得更稳妥,也就不会让我在穷困潦倒之际接连出错招。对于普通人而言,人穷的确会志短,真的会让人只看到眼前。

古语说的"置之死地而后生"害了我,我错误地理解了这句话,因为古人是被别人逼入了死地,而我却是因为计算错误而把自己逼入了死角。记住,千万要留一条后路,那不是怯懦,而是智慧。

一个在绝境中吟咏诗歌、名言鼓励自己的人,其实没人会在乎,那种境遇,其实都是成功者的事后反刍。

可惜,人生没有假如,在那个时候,我有的,只是一连串打击。

对了,假如人生可以重来,我在那时候完全可以准备离婚,去找一个更适合我的女人,而不是一味躲避,到了实在维持不下去了再分手,反倒害了一家人。

其实,好的婚姻,就是你的人生加油站!

北京的冬天特别冷

1998年12月7日,我从哈尔滨来到北京,开始了漂泊的生活。到火车站送行的是我的好友,哈尔滨人民广播电台的国伟。在这之前，黑龙江人民广播电台的老同事张伟与李涛，凑钱给我买了一部汉字传呼机，还帮我交了一年年费，这是一个很实惠的礼物。

其实我辞职后走得很仓促，并没有联系好北京的工作，这就给日后的苦难生活埋下了伏笔。更何况那时候的电视台栏目很少，找工作不容易。

之所以辞职去北京是有几个缘由的，公开讲的原因，是1998年10月份，黑龙江电视台聘请我解说NHL北美职业冰球联赛，而我的单位黑龙江广播电台不同意，把我调了回来，导致我灰心丧气——因为电视梦破灭了。而且即使我辞职，黑龙江电视台也不会聘请我，他们不会因为我而激化两台的矛盾。（黑龙江电视台负责体育节目的蔡晓东主任说，宝海啊，哪怕你是扫大街的，我都敢用你，可你是黑龙江广播电台的，我不敢用啊。）

我辞职还有一个原因，那就是婚姻触礁，我想出去躲避，也想让自己尽快长大。那个时候，女儿朵朵只有6个多月大。而我的性格很不成熟，做事情爱冲动。我在和朵朵妈妈激烈地吵了一架之后，又想到了自己的电视梦无法在黑龙江实现，于是就用三天时间办好了辞职手续。

我是一个自私、不合格、不负责任的父亲。

来到北京后，我去了房山，在那里找了一个落脚点。我的大学师哥于勇和他的妻子在学校当老师，他们收留了我，给我找了一间单身宿舍。

第 1 章／机遇：走进央视

我至今还记得到北京后的第一个夜晚，我一直没睡着，不是因为失眠，而是因为屋子里太冷了，没有暖气。我穿上了厚厚的衣裤，钻到被窝里，可还是觉得寒冷。

等到第二天晚上，我忽然发现床上还有电褥子，通电之后，居然能正常工作，被窝很快就热了，我惊喜万分，太好了，马上觉得自己是世界上最幸福的人。

到北京来当然主要是为了找工作，然而之前，我没有这方面的经验（大学毕业时我直接考上了黑龙江广播电台），再加上心理准备不足，因此遇到很多坎坷。

我第一次去中央电视台，就出了问题，因为我找不到它在哪里。

我从房山坐车到了六里桥。然后我问一辆小公共的售票员："去不去中央电视台？"售票员说"去"。

我上了车。

然而到站后，我发现大楼上写着"北京电视台"。售票的小伙子一脸茫然："北京电视台不就是中央电视台吗？"

我没有和他理论，重新寻找路径。

终于到了中央电视台，我首先去拜访的是《焦点访谈》的一位记者，他是黑龙江台的同事给我介绍的。

让我意外的是，这位记者老兄对我很冷漠，几乎不说话。

一阵尴尬的沉默后，我说自己是广播电台出身，文字能力比较好。他撇了一下嘴："文字好有什么用，电视不需要文字。"

不帮忙介绍工作也就算了，还打击我的积极性。

我只好告辞，还是不要给人家添麻烦的好。

后来我理解了他。因为他没有义务帮助我，更何况介绍工作是一件很难的事情，尤其是在那个年代。

不过多年以后，当我有了一定的人脉，别人通过关系来找我介绍工作的时候，我一定是热情接待，能帮忙就一定帮忙，至少会诚恳地帮对方分析情况。因为我始终忘不了刚来北京时，那位老兄对我的态度。

当一个人身处困境时，最需要别人的温暖。

还是让时光回到冰冷的 1998 年冬天。

我又给北京广播学院[1]念研究生的大学师妹赵琳琳打了电话，她建议我搬到她的学校来住，毕竟这是央视的人才培养基地，也是从侧面接近央视的机会。

我住进了广院招待所，同屋的还有安徽电视台的王振涛与浙江嘉兴电视台的薛开新，还有一位播音员，他们都是广院的研修生。因此，我也偶尔去蹭他们的课来听。

更可贵的是，赵琳琳把她的研究生同学介绍给了我，比如河南电视台的美女主持人王婷，以及毕业后在清华大学工作的雷建军，等等。雷建军是凤凰卫视的领导钟大年的研究生，他是第一个给我介绍工作的人，帮我联系了《走近科学》的制片人，可惜我没有去，因为当时

---

[1] 北京广播学院，现中国传媒大学的前身，于 2004 年更名。由于作者文中介绍的时间为 1998 年，故保留当时的名称"北京广播学院"。——编者注

我不喜欢科技类节目。

其实在打电话的时候,这位女制片人对我很客气,她说:"老雷介绍的人,没问题,你来吧。"

我在这件事情上,显示了自己的不成熟,以及对自己当下形势的错误判断。我刚来北京,落脚谋生最重要,不应该在工作方面挑三拣四,而且我没去《走近科学》,也没有和雷建军沟通,欠了他一个人情。

客观来讲,那个时候,我在人际交往方面的能力不足,处事不成熟,考虑问题不周到,这也是导致我后来在工作方面有较大坎坷的重要原因。

我去拜访了张海潮,这是一位重要人物。

1997年底,时任《东方时空》总制片人的张海潮曾带着崔永元到哈尔滨录制《实话实说》,我和张海潮一见如故,他邀请我去《东方时空》工作。可那时我没有去,因为当时的我工作稳定、家庭和谐。

一年后,当我决定要去北京找他时,他在电话中表示很为难。因为他已经调至央视二套做领导,他说他现在不怎么管节目了,不方便安排人员。

显然,他想要我的时候,我没去。时过境迁,我再想去,人家当然为难。

我又拜访了央视二套的石正宏,他之前是哈尔滨广播电台的。国伟让我去找他,说他应该会提供给我一些帮助。

石正宏很热情，请我吃了饭，听说我住在广院，就让我先住到他在台里的宿舍，就在羊坊店，离央视很近，方便找工作。

我很感动，住了进去。

几天后的一个晚上，我在外面收到同宿舍人的传呼："台里有人要来住，请今晚换个地方住。"

我蒙了，晚上到哪里去过夜呢。当时我正在地铁里，那时北京的地铁只有1号线和2号线，我就在2号线里坐着，一站又一站过去了，我不知道该在哪里下车。

难道要露宿街头吗？

不知过了多久，我终于想明白，就在羊坊店附近找个小旅店暂时安身吧。老实说，在这之前，我从来没有住过小旅店，更没有自己找住处，都是别人帮我安排。

1999年1月份的北京，格外寒冷。

大约在1月中旬的一天，我又去找张海潮，他不在办公室。

出了广告部（就在央视旧址西门往北），我不知道该去哪里。

那个时候，对我来说，只有一个地方最温暖，只有那里不会拒绝我，那就是北京图书馆（现更名为中国国家图书馆）。

我在公主坟坐上公交车，车往图书馆驶去，一路上，我想着心事。

忽然，我发现，车已经路过北图了，在很远的地方，车才停下（在中央民族大学附近），原来这个线路上没有北图那站。下车之后，

第1章／机遇：走进央视

我到了对面，估量着走到目的地需要八九分钟的时间，天冷，我懒得走，而且北图也是在这一侧，往回坐一站，下车即是。

于是我就近上了一辆往南开的公交车，心里想着，开过一站后正好到北图，然而，奇了怪了，居然又越过北图，到了白石桥，看看路程，要走10分钟以上的时间才能到北图。

我心里想，今天真邪了，眼睛看见了北图，就是到不了。

过了很多天才想明白了，北图门前没有车站。

这时候，有一辆小公共在喊人，我于是上了这种"招手停"，我琢磨着，因为可以随便停车，这回就不会过站了，到了北图对面就下车。

车开起来之后，我因为想着心事，所以完全是下意识地给钱。我按照自己的理解，半站地嘛，我就给了一元钱（在哈尔滨经常是这样）。

可是售票员却说："两元。"

我很不高兴："你不是说了一站地一元吗？"其实是我听错了，或者说理解错了。

售票员是位小伙子，他给我讲解北京最新的公交政策："北京从今天开始，小公共上车就是交两元。"

他说的是真的，这条新闻我昨天在报纸上看过（每天出门第一件事就是买报纸看新闻、看招聘信息），只是没想到会用到自己身上。

我忽然生起一股无名火，当着满车乘客的面，我不争气地说了一句："你不要逼我了，我已经够倒霉的了！"

售票员态度很好，只有一句话："两元。"

我那时正好坐在司机后面，眼看着北图又在眼前掠过，小公共一路向前行驶，到了下一个红绿灯。

司机说话了："师傅您到哪里？"

我说："北图。"

司机很轻松地说："您看您要么给两元，现在下车离北图最近，要么跟我到颐和园？"

我拿出了两元，下了车，从人行道上走到对面，看着距离北图还有几分钟的路程，忽然间，一股热泪流了出来，那是我在北京第一次流泪，觉得委屈，觉得伤心，甚至还有一丝绝望。

28岁的大小伙子，居然因为一点小事流泪，丢死人了。

其实我更多的是生自己的气，不就是一元钱吗，这要是在哈尔滨，着急打车也是常事，上下班、出门办事坐小公共也是常事，从来没有因为一元钱和售票员计较。我这是怎么了，穷不起了吗？

想着想着，已经进了北图大门，我擦干了泪水，在心里做了决定，不就是找工作困难吗，不就是张海潮一次次地拒绝我吗，也理解一下人家。这样，明天我最后一次去找张海潮，如果他还不在或者再推辞，我就再也不去找他了，何必讨人厌。我一方面在报纸上看招聘信息，另一方面多找老朋友帮忙，一定会找到工作的。

想通了这一切，我反倒心静了。我在北图看了一天的书，晚上又在附近的小饭店吃了一顿可口的饭，还点了一瓶啤酒，既来之，则安之。

第二天早上，按照自己的计划，我准备"最后一次去找张海潮"。在我印象中，那天似乎是周五，他应该去开例会，不在办公室。可既然我定了计划，就要执行。

第1章 ／机遇：走进央视

到了他在广告部的办公室（他在央视二套分管广告部），张海潮居然在那里。看到我以后，张海潮说了一句："宝海，你还得等一等——"

就在这时候，我脱口而出了一句话："张主任，我想去《幸运52》。"

这完全不是我事先计划的，真的是随口一句，是上帝赐给我的一句话。因为我只是在前几天无意中看过这个节目，很喜欢，印象中是二套的栏目，再加上半个月前偶遇的一位老同事说"宝海，你很适合去《幸运52》，但是我没路子"。我还问他这个节目是哪个频道的，他说不清楚，就知道是个新栏目，很好玩。

张海潮愣了一下："哦，《幸运52》啊，那好吧，下午三点你过来，他们制片公司的领导会在。我把你介绍给他们。"

就这样，我去了刚开播一个多月的《幸运52》栏目组。

幸运是要争取的

《幸运52》是央视的一个"完全外包"的栏目，隶属于央视二套经济频道。但是经济频道只派出了三个编导：詹未、郭艳、孙吉，另外从央视四套借了一位主持人，李咏。还有一位外聘的策划，关正文。其他的一切都由制片公司负责，也就是王玮经营的北京其欣然广告艺术有限责任公司。

我是1999年1月到其欣然广告公司报到的，岗位是导演助理，负责准备题库、选手选拔、游戏设计、收集竞猜商品等等，直接领导是郭艳（现任《非常6+1》制片人，是我最喜欢的既有才能又善良的美女领导）。

那个时候，《幸运52》栏目刚开播两个月，连自己的办公室都没有，是向《经济半小时》栏目组借了一个角落办公，就在央视西门对面的办公大楼里的106房间。

然而，前两个月的收视率一般。原因是，播出时间是在央视二套每周日中午11:15，时段一般，同时几乎没有任何宣传。另外，作为周播新节目，需要一段观众养成的时间。

更糟糕的是，其欣然公司的前期投入巨大，随着播出的进行，投入不断增加，产出几乎为零。一方面是因为广告极少，更可怕的是另一方面，精心推出的"卡片竞猜中奖"方案完全失败，损失巨大。

这里解释一下，《幸运52》是央视购买版权的综艺节目，是从英国一家公司购买的，可惜水土不服，核心部分不理想，制片公司正打算放弃。

具体来说，就是那个"卡片"出了问题。

在英国，这个节目的原版已经走红了数十年。而节目的核心并不是答题或者猜商品的价格，更不是主持人，而是"卡片竞猜"。英国是个有博彩传统的国家，这个节目就是套装了博彩环节，也就是说，每四周会发行一张卡片，上面有52个商标，分成四栏，对应四周的节目。当节目播出时，观众会看"哪个商标"被送出（答对一题送一个商标），自己手中的卡片上是否有这个商标。如果本周你手上的卡片，正好有本期送出的12个商标（实际送出的要超出12个，数目不定）。

那么恭喜你，你中奖了，会得到一件大约为5000元的奖品。计算下来，每周会出现52位获奖者。

瞧，我解释得都很费劲，观众能有多少看明白的？如果换成麻将的饼、条、万，我估计效果能好很多，至少中国观众能迅速地明白规则。

制片公司每天都盼着能有观众打电话来兑奖，可惜直到卡片停发，也没有一个人来。

发行卡片是免费的，当时的渠道是在超市随着商品进行赠送，比如随着红牛赠送。然而很多顾客看都不看卡片一眼，随手就扔掉，这当然也和宣传不力有关系，只是，得花多少钱才能向全国观众说明白这件事呢？

糟糕的是，印卡片却耗资巨大，这么说吧，国内印不了这种卡片，需要从英国印完运到国内，成本是一元钱一张，而每期节目都得有数万张。

因为这是"彩票型"卡片，每张卡片的商标排列组合方式都不一样。

我去节目组一个多月后，1999年3月中旬，老板王玮找我谈话："我不准备做《幸运52》了，因为我这些年攒的家底，全都赔进去了，没钱投入了。可能会有别的组来接，你是节目人员，你可以跟节目组走。"

我明白他的意思，连忙表忠心："我愿意跟着公司、跟着您走！"

至少送他一些温暖吧，另外我对王玮也很有好感。

过了几天，王玮给我们中层干部开会，问大家："我决定再拼一下，我就不信我的判断错了，我始终认为《幸运52》是个能火的节目。可是卡片怎么办呢？是不是继续发行呢？"

大家不吱声。

就在这次会议上，我提出了"央视与地方报纸合作"的方案，也就是日后很有名的"报版竞猜"方案。而这个方案，由于投入少、宣传好，所以完全替代了原来的卡片竞猜方案。

据说在我离开《幸运52》几年后，王玮开会时还说过："以前公司有个节目策划，叫薛宝海，发明了一种报版竞猜，给公司创造了很大的经济效益。"

我只是报版竞猜这一方案的策划者之一，主要谋划人还是王玮。

至于后来能赚到不少钱，那也完全是王玮审时度势、会经营的结果。

所谓报版竞猜，是指央视与国内十大地方报纸互相置换广告资源，《幸运52》给合作报纸提供5秒的广告时间（那个时候，节目内的广告也不多，所以能够给大报提供机会），报纸每周留出一个八分之一通栏（在最后一版），由我来制作一些商标游戏竞猜的题目，印在通栏里。因为经过计算，《幸运52》的5秒广告的报价与各地方报纸的八分之一通栏的报价接近。而他们的广告普遍排不满。

当初我提出这个设想，本来的目的只是解决《幸运52》的宣传问题，那时候很多观众都不知道这个节目。但是看本地的晚报却是很多人的生活习惯。而十大晚报每周的发行量大约是500万份。

这十大报纸，比如《生活报》《辽沈晚报》《扬子晚报》《大河报》等，都是国内知名大报，其中与黑龙江《生活报》的合作还是我去签的约。除此之外，我还主动提出去杭州与当地的《钱江晚报》签约。三月份的杭州室内室外都太冷了，我被冻得够呛，饮食也不习惯。

十大报纸中，最后也是最难签约的是《北京晨报》。

这之前《北京晚报》爽快地拒绝了我们——"什么，《幸运52》？没听说过啊，我们《北京晚报》不需要跟任何地方合作，找别人吧。"

总得找一家北京的报纸啊，于是我开始与《北京晨报》广告部的领导谈判，对方是个女领导。她非得让我出具央视的正式信函，我哪有啊，我们只是一家制作公司而已。而此时距离第一次正式推出"十大报纸合作"只有一天时间，我只好软磨硬泡，言辞恳切地与对方商量，对方总算同意了。

从那以后，《幸运52》每周开始播出这些大报的广告，同时十大报纸也开始刊登《幸运52》的商标竞猜游戏。

至于赚到很多钱，那是《幸运52》的收视率达到全国第一之后的事情，大约是在节目播出一年左右。那时，电视节目内的广告已经排满了，而客户还在争先恐后地上。这个时候，老板王玮就想到了用报版竞猜的方式。也就是说，哪个客户想要在《幸运52》节目中上个15秒的广告，就必须同时购买各大报纸报版竞猜的套装广告。

这也是一个新的营销模式。

十大报纸的广告报价，这时候用上了，一算账，收入远高于电视广告。但是仍然有客户愿意投放广告。

几年间，仅报版竞猜这方面的广告收入，就很可观。要知道，《幸运52》是免费得到的这些广告位置。后来广告多了，就不怎么播放大报的广告了，他们也不计较，只要允许他们在自己的报纸上继续刊登《幸运52》的商标竞猜游戏就可以。

因为那时候《幸运52》红了，对于那些大报来说，能与这个节目合作就是一件好事。

除了报版竞猜，我在《幸运52》所参与的另一项重大改革就是设计了分类猜词的游戏，这是在郭艳的直接领导下做出的。

那个时候，第三关的游戏就是猜词，一个人面对大屏幕，通过关联词打手势来解释屏幕上出现的词，但是不能说出这个词和词中的任何字（能看到那个词），由另一个人猜这是什么词。这种游戏在很多节目中都有，那时《快乐大本营》也有。

有一天，郭艳对我说："宝海，你去找个北师大的语言学教授，研究一下能否分类猜词，这样咱们就比别人先进了。只有超过别人，节目才会越做越好。"

经过专家指导之后，我拿出了从语言学的角度设计的"分类猜词"方案，然而郭艳看了之后说："这不好玩，还是要从社会学的角度出发，做得有趣一些。"

这之后，我琢磨出了"歌星、影星、球星、建筑物、科学家、成语"等三个等级的猜词，成语属于难度最大的第一等级，建筑物、科学家属于第二等级，歌星、影星、球星属于第三等级。等级越高，分数越高，当然难度也越大。

我做了一次模拟演练，找来了两位年轻女性。她们选了"影星"。结果答对的次数非常多，明显比不分类的效果要好得多。我记得一个细节，出现"刘嘉玲"的时候，负责解释的女选手说"小鱼儿、小鱼儿的老婆"，另一位瞬间回答"刘嘉玲"。显然她们之间有默契的交流方式，梁朝伟饰演过小鱼儿。

这个分类猜词效果很好，娱乐性很强，此后很长一段时间，《幸运52》一直在玩这个游戏。

暖心的李咏

再来说说李咏。

我第一次见到李咏，是1999年1月，在栏目办公室，李咏兴冲冲地走进来，先是道歉："抱歉来晚了，这个英国的节目录像带我拿回来了。"

策划关正文打趣他："你没拿错带子吧？"

关正文如今是国内顶级的电视大策划，后来黑龙江电视台的《见字如面》就是由关正文策划的。

2019年1月份，我和关正文恢复了联系，加了微信，我第一句话就是："关哥，一别20年，见字如面。"同时我把这篇回忆《幸运52》的文章发给了他。

关正文回复我:"很值得怀念。这些背后的故事我还真不知道,好玩。"

再回到20年前。

听了关正文的戏谑之语后,李咏只是憨乎乎地笑。

那个时候,他的知名度还不是特别高,性格也特别好。

詹未第一句话就批评他:"李咏,你不能每个选手都拥抱,那样就没有个性了。"

李咏忙不迭地说:"好好,以后男的我就不抱了。"

这时候我才知道,原来主持人在场上的很多表现,都是编导策划设计好的。

由于我负责准备主持人手卡,因此在工作中与李咏的交集很多。感觉他特别随和,而且说话很暖人心。

有一次在台里录像之前,李咏没烟抽了(他一直抽软中华),就跟我要烟,我说:"我的是白沙烟,不好抽。"

李咏说:"白沙是好烟。"这让我很有面子。

李咏的口头禅是:"宝海辛苦了。"这句话他经常说,让我很开心,更愿意为他服务。记得有一次在台里见到正在录节目的李咏,他对我说:"宝海,麻烦你件事情,我有两个朋友想来看咱的节目,就在西门门口,你能帮我接进来吗?"

我说没问题。李咏连声感谢。

第 1 章 /机遇: 走进央视

在节目理念方面，我与李咏也很合拍。有一次录像之前，我给李咏一个建议，问下午的 2 号男选手，家里谁管钱，因为这是个 30 多岁的选手，应该结婚了。这个问题，无论答案是什么，都会很好玩。

李咏采纳了，现场那个男选手回答说是"爱人管钱，如果我管钱，家就会破产"。观众很感兴趣。

那个时候，我发现观众很喜欢主持人和选手聊一些有趣的生活类话题，于是就增加了这方面内容的设计。比如"给你一百万元，你会怎么花""你最喜欢的异性明星是谁"，等等，让选手提前把答案写在表格上，我和李咏选择一些有趣的，在现场问一遍。

我还发现一个问题，李咏很需要鼓励，他其实对自己的主持表现也不是很自信。于是我经常利用停机，李咏过来换手卡的时候，顺带鼓励他几句，比如"刚才你那个笑话特别好，观众乐得不行"，李咏就特别开心。

在重大压力之下，哪个主持人都会紧张。

最让我难忘也最让我感动的是这样一个细节。

有一次，节目录制进入尾声，选手获得冠军，音乐声响起，李咏把手卡扔向空中，又说完了结束语，观众冲上来与他合影、相互拥抱。每次，这都是我最开心的时候，顺利结束嘛。

这个时候，我首先在看手表，等数够一分钟，我就会上台去捡手卡。一分钟就是结尾走字幕的时间，再之后的片段就不会剪进节目了，无效镜头，我就可以上场了。

之所以捡手卡，是因为录制下一场节目时我还要用这些手卡，贴上题目、广告等，给李咏。那个时候，栏目组刚成立不久，经济困难，只能节省着用手卡。

就在我捡手卡的时候，我忽然发现李咏离开观众，低身帮我捡手卡，我忙说："不用，我来就行，你去跟他们合影。"

李咏认认真真地帮我捡完了手卡，把手卡送到我手里。我感动异常。

扔手卡是节目需要，为了造气氛，每次都会这样。可李咏能帮我捡手卡，真是尊重我们这些基层工作人员。

这就是我记忆中的李咏，谦卑、温和、幽默风趣，对同事和合作伙伴都很尊重。他对我的支持也让我永远难忘。

成也题库　败也题库

我开始关注收视率，也是从在《幸运 52》工作那时候开始的。

《幸运 52》采用的是 CSM[1] 的全国网数据，收视率来自电话调查，那时还没有收视仪。

刚开始时，《幸运 52》的收视率在 0.3% 左右，之后缓慢上升。到了

---

[1] CSM，中国广视索福瑞媒介研究，是国内专业的广播电视受众研究机构，致力于专业的电视收视和广播收听市场研究。为中国内地和香港传媒行业提供可靠的、不间断的视听调查服务。

1999年秋天，升到了0.8%，终于超过了《正大综艺》，位于全国第一。

那个时候，我还写过一篇文章，呈送给经济频道的领导。题目就是《某个时段，央视二套收视超过央视一套》，这其实指的就是每周日中午11:15到12:00《幸运52》播出的时段，它的收视率超过了同一时段的央视一套的节目。要知道，那个时候，很多地方都看不到央视二套的节目，可见《幸运52》横空出世，影响力有多大。

在《幸运52》的后期字幕上，我的名字排在"题库编辑"的第一位，也就是题库负责人。有几位志愿者给我们提供问答题。根据我的观察和总结，百科知识题最受欢迎，尤其是大众熟悉或者喜欢的文学、音乐、影视、体育、娱乐等方面的知识题。因此，我就加大了这方面的题量，同时加入了一些脑筋急转弯之类的题目。

要当好题库编辑，需要一定的知识储备。我的几位编导领导给了我很大帮助。比如我刚进组不久的时候，孙吉看了我准备的题目之后说，像"饭后洗澡好不好"这样的内容就不适合出题，因为这道题不规范，没有绝对的对与错，答案不唯一，"饭后""洗澡"都不够量化，因此容易产生歧义。

另外，整体的问答题，出得太难，会让人感觉无趣，出得太简单，又会让人感觉得奖太容易。难易之间，要把握好分寸。

关于题目难易适当这方面，我做过一些经典的案例。

最关键的就是在最后的60秒内答对9道题（这样能获得当期大

奖，如果失利就只能获得安慰奖）。

理想的局面有两种，一种是在距离答题时间终止只剩两三秒的时候，选手答对9道题，惊险过关，获得冠军，这是最精彩的。还有一种，就是选手用尽了60秒，也只答对了8道题或者7道题，遗憾失利，这也比较有看点。

反之，如果不是这样，节目就会比较平淡，没有波折和悬念。

还有一个总体控制的问题，如果录制4期节目，最好的结果就是有3期的选手获得了大奖，1期失利。

这些都是我的任务，如果控制不好，节目的精彩程度会大大降低。

感谢上帝，我在《幸运52》的时候，基本就是按照这个比例来控制局面的。没出现大的问题。

这15道题，我通常会把第一题安排成一个简单的问题，让选手放松，然后出现的就是一两道偏难的题，让他开始紧张，接下来就是难易交错的情形。

还有一期节目的最后问答题，令我印象深刻，因为这里面有我"最推崇的"类型题。

几年后，我到《开心辞典》做客，领导让我讲讲准备题库的技巧，我就举了这道题的例子。在我看来，好题的标准就是：常识题，大多数人都会，在平时冷静的情况下，能答对，但紧张时可能会答错。

具体来讲，就是：大熊猫的耳朵是黑色的，还是白色的？

这是一道好题，我问了很多人，居然有不少人答错，可是人们都熟悉大熊猫啊。

考验的不就是压力面前谁能沉着冷静吗？

这期的冠军是位个子不高但是很精干的小伙子，在北大念的本科，清华念的MBA，参赛时在北京电影学院念博士，属于精英中的精英。最后他获得了大奖，不过只差一两秒钟就到截止时间了，惊险无比。

后来我们成了朋友，他请我吃饭（节目录制完成后，我可以参加他的饭局，因为我们没有利益关系了）。他最后悔的就是答对了很多难题，可是居然把"大熊猫的耳朵是黑色的，还是白色的"这道题答错了，他说简直丢死人了。

"还有，重庆的长途区号我也没答对。"小伙子苦笑着说。

我说："没关系，这道题有些偏，很多人都不知道。"

"可我是重庆人啊，"小伙子无奈地说，"当时我脑子一片空白了。"

我笑了，有一种成就感。

在设计题目方面，我还注重积极正向的引导，毕竟是在央视做节目。

比如我出了一道题："美国通用电气公司的创始人是发明家爱迪生吗？"答案是"是的"。目的就是告诉大家，知识也可以转换成巨大的财富。

可以说，在《幸运52》，我最主要的工作就是准备题库，我花了大量的心血，也为自己的工作感到非常自豪。然而，我被解职，也是因为题库，因为我的"方向"不对。

大概在1999年8月份,《幸运52》制片公司的一位女领导,开始批评我的题库有问题,她说:"薛宝海,因为你是中文系出身,所以文学题占了多数。而《幸运52》是经济频道的节目,理应有很多财经类的题目,比如股票、金融,可这些你都不懂,所以很少有这方面的题,这是你的失误。再有,这个节目太俗了,也是你的责任!"

节目有些俗,我承认。这的确不像以前央视的节目。然而《幸运52》也是央视第一档完全靠自己的实力杀出重围的现象级大型娱乐节目。

但是,我不同意她提出的关于加大题库中的经济内容的意见。

我承认我在经济方面的知识储备不足,可是对于绝大多数老百姓来说,还是五花八门的百科知识更为他们所熟悉,出题,难道首先不是要满足观众的兴趣吗?

那段时间,我反复思考,觉得应该坚持自己的主张。于是我认真地写了一篇文章,交到了经济频道分管领导的手里,题目就是《坚持幸运52的大众化、知识化、趣味化》,系统阐述了我对《幸运52》题库的意见,明确提出应该以收视率为准绳,满足广大受众的收视需求。

因为那个时候还没有出现"娱乐化"这个词汇,如果有,我就会加到文章里。

这篇文章捅了娄子,导致了我迅速被免职。显然,经济频道高层的领导也认为《幸运52》的题库应该以财经类为主。

10个月之后,2000年7月,央视经济频道央视二套由以经济为主的综合频道改为"经济·生活·服务频道"。

几年后,一位时任经济频道高层的领导在文章中说到了这个问题,

第1章 /机遇:走进央视

承认那个时候观念保守，经济频道应该尽快转型为生活服务频道，像《幸运 52》就不应该局限为经济类节目。

其欣然广告公司的老板王玮很会做思想工作，他跟我是这样谈的："宝海，现在的这个《幸运 52》已经不是我的节目了，它变成你的节目了。尽管你总说是在编导的领导下工作，可是你提出的每一个建议编导都接受，慢慢地就变成你的节目了。我不想这样，这是我的节目，你对节目的定位是我不能接受的。"

虽然我离开了，但我到现在还很感谢他，感谢他曾经给予我的机遇与尊重。

一意孤行的后果

就这样，在 1999 年 9 月中旬，我离开了《幸运 52》。

这是我北漂生活中的第一次重大打击，令我深受重创。失去工作，让我断了经济来源，而且还变得不自信。

1999 年的国庆节，我回哈尔滨参加老同事的婚礼，给完 400 元的红包后，剩下的钱只够买返京的车票。

迫不得已，我开始向朋友借钱交房租，那时我与人合租，每月的房租是 500 元。并且开始重新找工作。

这次更加不顺利。张海潮把我介绍给了《生活》栏目的一位负责人，可惜栏目正在调整期，工作一直定不下来。我又陆续找了很多人，但都没有结果。

秋天是北京最美的季节，然而1999年的秋天却只让我感受到了肃穆，并没有感受到美好。

那段时间，我经常在木樨地附近散步，满眼都是落叶，心情很沉重。

也就是在那段时间，我甚至想到了自杀，挫败感让我变得很脆弱。如今看来，这都是正常的情绪变化，挺过去，一切都是柳暗花明；挺不过去，人生定格在那里，就什么都没有了。

世界上有一种失败叫"很优秀、很努力，但是方向不对"，所谓方向，就是要和主流保持一致。

还记得1999年那个中秋节，我过得格外凄凉。自己一个人喝着酒，看着女儿朵朵的录像带，想孩子，吧嗒吧嗒掉眼泪。

那时朵朵刚一岁多。早在她刚出生时我就买了DV机，记录下了她的很多生活片段。后来，我每次回哈尔滨都给她录像，这些录像成了我北漂生活中最大的安慰。

回想我在哈尔滨的生活状态，孩子刚出生，我在哈尔滨有稳定体面的工作与住所，是家族里的骄傲。省电台甚至还分了一套小房子给我，差几个月就可以入住了。却因为辞职，不得不把钥匙交了回去。

电台同事李涛对我说："可以辞职，但你不应该那么做。如果你晚一些再辞职，可以把分的那个小房子卖了，至少可以得到5万元，你在北京就不会那么困难。"

他说得很有道理，然而那个时候我不懂这些（最不懂的就是"经

第 1 章 ／机遇：走进央视

济问题"），也不会考虑这么长远，只懂得按照自己的意愿做事。吃苦，都是自己找的。

当初快速辞职，是相信"置之死地而后生"这句话，不给自己留后路，如今发现，"死地"出现了，"后生"却很难。

年轻，总要付出代价，重要的是代价有多大。

在大学期间和刚工作那几年，我把主要精力都用在提高业务能力上，而生活以及为人处世方面，却成了我的一大短板，如今，要补课了。

当初我如果及时低头"认错"，修改题库的类型，加大经济题的题量，就不会离开《幸运52》，就不会像现在这么艰难。然而那个时候，我做不到。

到北京漂泊，也是为了成长。

记得有一次，在公主坟城乡商场，我忽然注意到一个角落里摆着一套高档的组合音响，两个主音箱很漂亮，正播着一首古琴曲，非常打动我，很贴合我当时的心境。

于是我驻足聆听。心里在想："什么时候，我能拥有一套这样的音响呢？"

听完之后，我拿起了这张CD光盘，看见包装上面印着专辑的名称：一意孤行。

我全身仿佛过了一下电，被强烈地震撼了。这个成语不就是我在《幸运52》的写照吗？

那段时间，我去北图的次数非常多，那里很温暖，可以看书，还有电影院。我看了《莎翁情史》《U形转弯》《性书大亨》等经典名片。

就在那段时间，我喜欢上了台湾历史小说家高阳的作品，的确，挫折能让人成长得更快，其实所谓经验，不过是教训积累到一定程度的产物吧。高阳的小说在"人情世故"方面讲得很充分，基本上是在教不成熟者如何做人做事，比如"处事周到""事缓则圆"（几乎在他的每本小说里都能见到这句话）等，这些都是我缺少的，因而我觉得与高阳很投缘。

高阳的小说文笔细腻、入情入理，细节描写尤其到位。他在一生中写了六七十部历史小说，我基本全都看过了，像《李娃》和关于胡雪岩的三部曲，更是看过两遍以上。而且，我的创作，也受到了他的影响，注重人物刻画，注重细节。

失业两个月后，我在一次人才招聘会上，找到了新工作，是在一家声讯电话服务公司做策划。这家公司推出了一些"声讯主持人"和分类频道，有关于股票的、外语的、体育的、影视的等。

当我听了一次股票主持人讲述的节目内容后，非常惊讶，他说得生动有趣，连我这种股盲都愿意听。真是行行出状元啊。

不过，进了公司后我才发现，这家声讯台也涉及一些色情的内容（公司最里面的大办公室内，有几位"女主持人"彻夜主持节目，与人"聊人生"），尽管与我无关，但还是让我很尴尬。

这段往事让我很难堪，我很少和别人提起。

第 1 章　／机遇：走进央视

不过，公司老板对我很好（应该是看重了我的央视工作背景），很快把我提升为部门主管，工资涨到了2200元，比在《幸运52》还多。

那段时间比较清闲。

也就是在那段时间，我学会了上网和打字。

我喜欢积极的等待。

1999年底，我在《北京青年报》上看到了一个很突出的招聘广告，大连电视台面向全国招聘主持人，待遇优厚。

我动了心。

来北京的一大梦想，就是继续我的电视主持生涯。既然在北京没有机会，不妨去大连看看。

如今看来，这又是一个不成熟的决定。毕竟北京的电视工作机会比较多，北京又是全国的中心。那个时候，我更需要的是耐心等待。

我的性格比较急躁，做事过于主动，这样很多时候会带来麻烦。

我去了大连。

记得那是一个北京的雪夜，我坐在出租车中，带着几件行李，车驶向北京火车站。

我的脑海中浮现了俄罗斯伟大诗人叶赛宁的一句诗：我像洁白的雪花消融在蓝天里，一生和离别的命运联系在一起。

我的大连生活开始了。

第 2 章

蛰伏

大连四年

古语讲，小富由俭，大富由天，其实这句话的核心意思是说，如果一个人大获成功，一定是因为他的人生轨迹和国家的发展轨迹重合。古今中外，都是时势造英雄。当一个社会步入了新的发展阶段，它必然需要一批新的英雄出现，这样才能更好地推动社会进步。

马云的成功，源于在21世纪初，中国需要建立全国性的电子商务系统。那么，如果你渴望如马云一般取得超越常人的成功，你就要想一想，你现在的"才能"，是否符合社会下一步发展的需求？

在大连的四年，我的命运如过山车一般起起伏伏，看似一连串偶然，其实都深埋着必然。因为，但凡失败的经历，都是由我不成熟的个性造成的，而凡是成功的出现，都是因为和国家的发展轨迹对应上了。

当然，我在那时候，也恰好在无意中具备了社会发展所需要的才能。

从摄像做起

2000年1月，我来到大连，应聘大连电视台的主持人。

在1999年的12月份，大连电视台在《北京青年报》上登出了招聘主持人的启事，高额年薪吸引了很多人，也包括处于失意状态中的我。先在北京某处经过了面试,之后不久,我就接到了去大连电视台进一步考试的通知,当然,交通和食宿都由电视台负责。

一共有 18 个人去大连应聘。

后来我们了解到,当时大连电视台刚刚换上来一位女台长,名叫王忠玲。王台长力主改革,首先就是要从外面吸纳人才,这才有了在国内高调招聘主持人这个举动。

我以前的好友,黑龙江电视台《新闻夜航》节目的主持人王跃军,也来应聘了。王跃军是一位优秀的电视新闻人,国内顶尖的好记者、好主持人,现在是央视新闻中心驻黑龙江记者站的负责人。只是,在 2000 年的 1 月份,他在黑龙江电视台也过得比较失意,这是他去大连台应聘的主要原因。

除了王跃军,那时候还有两个同去应聘的人跟我比较谈得来,一位是来自新疆乌鲁木齐广播电台的刘正举(白岩松的同班同学,后来进入央视,任《开心辞典》制片人,创办了《开门大吉》),还有一位是聪明可爱又漂亮的中国传媒大学大四女学生戴亚楠,小戴现在是儿童美育专家,出了一本书叫《生命合伙人》。

用王跃军的话来说,"大连也有高楼大厦,也很时尚,城市很漂亮"。同时大连人对自己的城市也感到很自豪。有个笑话说,在很多大连人看来,中国的大城市排名顺序应该是:北京、上海、深圳、大连。

是不是发达城市,不能仅仅取决于外在,还要看这个城市是否具有活力,是否具有强劲的软实力,尤其是能否吸引优秀人才。就像北京,为何能吸引全国的电视人才?就是因为中央电视台在 20 世纪 90

年代，由新闻评论部开始，率先推出了人事制度改革，有了聘任制，让各地人才看到了希望，所以大家才涌向北京。

我认为，在中国，说到改革发展，最好的步骤就是，先推出一个与时俱进的好体制，那么一切都会逐步发展起来。如果没有体制的保障，效果就不会很理想。

体制的改革，也是城市发展的推动力。

可惜，王忠玲台长的这次高薪引进人才的"大胆改革"，遭到了台内保守势力的强烈反对，最后以失败告终，那么大多数人才当然就不会留下来。古代"千金市骨"的故事，不是每个地方都能学来的。

当然，一个城市电视台的改革是否成功，取决于很多条件，仅仅有一个有能力、有魄力的领导，还不够，还需要高层领导的支持，更需要基层员工的支持，需要合适的历史条件与环境。

另外，大连电视台一直在努力成为上星台，这个难度更大。

只有三个人留了下来，王跃军、小戴和我。王跃军想换个环境，呼吸一下外面的空气，小戴还在实习阶段，在这里就当是实习，何况大连是个不错的城市，电视台又包食宿。而那时的我还处于疗伤阶段，我在央视人脉少，很难找到工作。还有一个重要原因，我是从广播电台改行到电视台，因此我需要一个低起点的电视领域的工作，能让我从头做起。

现在看来，我的性格比较急躁，想尽快把工作稳定下来，担心回北京后又是长时间不能找到做电视节目的工作，生活压力大。而在大连电视台，我的压力会比较小，我想尽快找回失去的自信。

第2章／蛰伏：大连四年

有一位宽厚长者的话，让我记忆很深。他当时是大连广电局的人事处长，50岁左右，我来应聘时，认识了他。当我决定不了去留的时候，我就去看望他。他对我说："宝海，我知道你在央视工作过，心气比较高，会觉得大连台比较小。可那是过去，人应该多往前看。前几年我刚来到大连广电局的时候，是团政委转业，我在部队是领导干部，很受尊重的。可是没想到刚来没几天，在大门口，来了一辆车，有人指挥往台里搬东西，车上下来的那个人也不认识我，就让我也搬几箱。我二话没说，马上就去搬。"

他的故事让我很有感悟，是的，应该多往前看。即使曾经有过辉煌，也不要太在意，接下来的每一步更重要。

当我对王忠玲台长表达留下的意愿后，她问我有何要求，我回答："想从摄像记者做起。"

摄像记者，是电视台里从事最基层业务的岗位，我以前没有做过，我要从零起步，借大连电视台补上这一课。

"你去生活频道《21点直播室》吧，那是个民生新闻节目，做摄像记者。"王台长说。

新的生活开始了。

我到《21点直播室》报到了。

观察了两天，我选了一位性格比较和善的老记者徐威，主动对他说，愿意做他的学生，他采访的时候，我跟着他做助理。

他同意了。

我又让他教我熟悉摄像机。

有一天晚上，一位老记者主动找我："宝海，大连市今天晚上要集中检查酒驾，你来做出镜记者吧。"他又补充道："咱们栏目的记者，长相都拿不出手。"

当天晚上抓到了几位酒驾司机，报道还算成功，我第一次在大连台找到了自信。毕竟当初我北漂的第一梦想是做电视节目主持人，这次是北漂后的第一次出镜。真像《大话西游》那句台词说的，世事难料。我想到北京做主持人，结果在大连台出了镜。当然，过了几个月，我还真在大连电视台做了主持人，那是后话。

有一件事儿很有趣，《21点直播室》的一位记者结婚，全栏目组的工作人员都去参加了婚礼。以往婚礼上最辛苦的是摄像师，从头忙到尾，可是这次不是，因为大家都会摄像。所以说好了，等到婚宴开始的时候，每个人拍摄10分钟，然后换下来吃饭。另一位记者接着拍摄。

栏目组的主编老路，很受大家欢迎，老夫子型的人物，据说是北大毕业的。他性格很温和，也很有幽默感。他每天的工作就是给大家改片子。不过就在这次婚宴上，老路喝了一点酒以后，发了脾气："你们拍的都是什么玩意儿？"

他指的是大家平时拍的新闻。

大家不吱声，的确，很多片子质量不高，大部分都是对付了事。其实在电视台，多数人都把工作当成一种职业，也就是谋生的手段，真正把工作当成"事业"想做到出类拔萃的人，还是少数。

有一次我跟他开玩笑："路老师，这个选题我准备做个30分钟的

第 2 章 ／蛰伏：大连四年

深度报道。"路主编眯着眼睛对我说:"你以为30分钟的就是深度报道了?"

这句话让我很受教育,到今天还记着,做深度报道哪能只是在时长上做文章。

在这个栏目组,我比较清闲,活儿不多,但是赚钱也比较少,每月只有500元(实习记者工资)。因为老记者都有新闻来源,而我没有渠道。好在台里提供宿舍,我不用交房租,而且台里给每人发饭卡,卡里的钱足够一日三餐的费用。这几百元就是每月的零花钱。

就在那段时间,原来同在《幸运52》工作的好友李隆、王旭东出差到大连,李隆约我见面。

我没有见他们。

这是令我最难过的回忆,我一直觉得有愧于李隆。

因为我的钱包里只有几十元钱,无法请他吃饭。或者说,简单请他们吃饭之后,我明后天的日子就过不下去了。当然,我也没有银行卡。

而且我羞于向别人借钱。

现在,我还记得当时那沮丧难过的心情。

另外,当时我还欠李隆500元,也欠同是《幸运52》工作人员的赵志军1500元(在北京时借的)。

那真是一段艰难的时光。

多年后,我跟李隆表达了歉意,李隆很不满:"就我这种性格,你也不想一想,我找你吃饭,我怎么可能让你付钱?"

复刻的幸运

尽管收入少,可是我没有颓废,比如我一直在锻炼身体,有时去公园跑步,而且每天还爬台里的楼梯。

那个时候,位于五一广场的大连电视台新址刚刚交付使用,我很喜欢这座新楼。每天我都会从一楼小跑到14楼。

两个月后,我的状况才发生改变。大连电视台创办了一台节目与《幸运52》类型相似,名叫《大赢家》,刘仪伟主持。我申请去做编导,领导同意了。到了新的栏目,我的工资涨到了1500元,总算能缓口气了。

在大连的好日子开始了。毕竟,做综艺节目,我有经验。而且《幸运52》还是我工作过的地方。

《大赢家》的制片人让我做现场导演,以及题库筹备、选手筛选的负责人,我很感谢他的信任,这些都是我熟悉和喜欢的岗位。在《幸运52》,还有导演考核我的工作,现在,题库、游戏、选手,都由我来确定。

其实这个栏目的人员很少,严格来说,真正的导演只有我一个人,因为在内容方面,除了制片人和我,再有就是一个做后期制作的女孩,而制片人侧重于经营方面的工作(有一个负责招商的制片团队),因为这个栏目的经营模式也类似于《幸运52》,主要靠栏目自负盈亏。

在这个组，我做过多个岗位，除了现场导演，还有广告摄像，兼任过一段时间的制片主任。我甚至做过一期后期编辑——那个女孩要回老家结婚，请了几天假，所以那一期就是我做的后期，编了一夜，很有成就感，当时使用的还是对编机，转轮的那种。

后来我回北京时曾经吹过牛——在一个栏目组的常设岗位里，我只有一个岗位没做过，那就是女主持人。其实我丰富的工作经验主要来源于这段经历，因为主编、主持人、制片人的工作，后来我都做过。

《大赢家》的主持人是刘仪伟，他幽默诙谐，我们合作得比较好。节目的收视率也逐步上升，几个月后，节目就获得了大连二套的收视率第一名。到了2002年，个别期的收视率甚至超过了大连一套的综艺王牌《久久合家欢》，成了全大连台的收视冠军。

我记得一个数字，14.56%，就是夺得全台第一名时的收视率。

然而，那个时候，我的个性仍然过于刚强。

2001年初，有一次录制快结束的时候，出了个意外。按照流程，现场会有人组织观众拥上台和刘仪伟合影，那样气氛会很热烈。结果在那天现场，我的小助理光顾着和女孩搭讪，忘了组织观众，他是负责组织右侧观众席上的观众。而在左侧，我也被人干扰（有人来找我谈事），没有及时地组织观众上台，因此上台的观众不多，气氛有些冷。

这时候，我的耳麦里传来制片人严厉的指责声："宝海，你怎么回事——"

客观来说，制片人是对的，那就是我的责任。可那个时候，我很爱面子，因为现场的工作人员都戴着耳麦，都听到了制片人的责问。恼怒之下，我猛地摘下耳麦（头戴的那种），用力摔到地上，转身而去。

这时候，我们还在山上录制，大连台的旧址。

我在演播室外面抽烟，很郁闷。

负责现场键盘音效的老庆走了过来，安慰我，让我心里好过了一些。他说："你想听什么音乐，我给你弹。"

我笑了："那就给我弹咱们节目的片尾曲吧。"

老庆一撇嘴："天天听，你还没听够啊？"

我说："我喜欢曲终人散的那种意境。"

偌大的演播室里，只有我俩，空气中回响着《大赢家》片尾曲的旋律。

后来老庆告诉我："去找你，是怕你一生气下了山。晚上还有一期，你不在，节目怎么录啊？"

老庆那时候30岁出头。他可是《大赢家》的开心果。他的岗位是现场键盘音效，也就是综艺节目中各种"声音"的制造者。他会弹很多歌曲，在我眼里，是个很有才的人。然而，看他的面相，是绝对跟音乐、艺术联系不到一起的。因为他面相很凶，会让人觉得是蹲过监狱的人——可是按他自己的说法，他还真进过监狱（或许是看守所）。

据老庆说，监狱里，"最牛"的是杀人犯，没人敢惹，最没地位的是强奸犯。有一种人，千万别跟他打交道，最好也别跟他说话，那就是诈骗犯，跟他接触，一定会吃亏上当。

老庆的口才太好了，听他说话，是一种快乐。

他多次跟我说，想给大连领导写信，提议改造大连。比如，大连到处种草，这太浪费了，不如种韭菜，一样是绿的，割了还能吃。

再比如青泥洼地下商业街，那么大的地下区域，应该养鱼，效益一样会很好。

还有星海会展中心，那么大的封闭空间，可以用来养鸽子啊！

就在这时候，我的好运又来了，我做了大连一套周日档谈话节目《真情驿站》的主持人。这档节目讲述老百姓悲欢离合的故事，类似于央视的《实话实说》。

然而，在哈尔滨发生的一幕又出现了，历史总在不断重复。

《大赢家》属于大连二套的栏目，而这个《真情驿站》属于大连台周末组的节目，这两处的领导关系不睦。我必须做出选择，只能在一处工作。经过考虑，我决定留在《大赢家》栏目组，主要是因为我对自己的主持能力没有信心。

过了半年，周末组取消，《真情驿站》也停播了。

改版是一次机遇

与我同时留下来的王跃军是我非常佩服的人。他是原黑龙江电视台的主持人，也是中国一流的电视新闻人。

在 20 世纪 90 年代中期的黑龙江电视台，他是最有才华的主持人。这次他留在大连电视台，一样得到了重用，主持大连一套的一个法制节目。巧的是，那时我也在主持《真情驿站》，由于我俩在外形上有些像——都是瘦瘦的戴着眼镜。因此有些观众会把我俩搞混。

然而，2001 年初，《东方时空》也在改版，招聘记者。王跃军去应聘，被留下了，当然，那个地方更适合他。

有个传奇的事情。

2001 年五一期间，我和王跃军都回哈尔滨探亲，我从大连回哈尔滨，他从北京回（那时他在《东方时空》已经待了两个多月）。只是到了假期结束的时候，王跃军提出要和我一起回趟大连，去看看老领导和老同事。因为到《东方时空》后，他还没有回过大连。还有一个原因，王跃军到《东方时空》后，只做了一期节目（记者岗位），表现一般，然后就一直没有做节目的机会，这让他很郁闷。这次大连之行也算是散散心。

2001 年 5 月 7 日（那时五一放七天假），我俩坐上了开往大连的列车。

半夜，王跃军接到了《东方时空》的电话，问他在哪里。他答曰："在开往大连的火车上，早晨到达。"

他接到了指示：现在马上联系大连电视台，借设备和摄像人员。下火车之后，马上赶到海边，因为一架飞机掉下来了，而他是离大连最近的《东方时空》记者。

大连"五七空难"发生了。

第 2 章 ／蛰伏：大连四年

王跃军马上开始跟大连台的老领导联系,而对方已经到了海边。

那几天,王跃军一直在第一线做报道,连续做了四期《东方时空》关于大连空难的报道,而且也同时做了《焦点访谈》的报道,由于他的不懈努力,赶到事故现场的一位国家领导人也接受了他的采访。

这次成功的连续报道,奠定了王跃军在央视新闻评论部的主力地位。

所谓英雄,就是在机会出现的时候,能够充分展示自己才能的人。

相对于王跃军事业上的蒸蒸日上,我在《大赢家》也迎来了一次大的机遇:改版。

同时,原来的主持人刘仪伟因为某种原因不能继续主持节目了。制片人选用了一位年轻帅气的长春小伙子郑杨作为主持人。

这次改版,制片人委托我全权负责。我也下了苦心,把在《幸运52》没实现的想法一一应用上。比如我把选手增加到了6人,先是两两合作,分成三组,然后选出获胜组,再加上个人得分最高者,这三个人再进行决赛。

经过磨合,新版《大赢家》顺利推出,反响较好。那时候,大连电视台位于五一广场的新楼也全面启用,《大赢家》也改在新楼录制。

那段时间,我的生活比较稳定,也比较惬意,尽管每天都很忙。

对这个节目来说,我有很大的掌控权。比如我来负责挑选选手,组织录像,也负责出题。

最幸福的事情,就是每个周末,我到大连图书馆去查资料,准备下一轮的题目。每个城市的图书馆都是我的伊甸园。

那个时候,是我意气风发的好岁月,有一次对对联,就是一个证明。

某天,栏目组的几个人聚餐,点菜之后,一位广告业务员忽然对我说:"薛老师,都说您很有文化,有个对联,看您能否对上?"他这一句话激发了我的好胜心:"什么对联?"

"近世进士尽是近视。"小伙子一边说一边解释是哪几个字。

我略作思索,脱口而出:"饥者既折记着记者——咱们还没吃饭,算是饥者,我把你比下去了,你算既折,我的本职工作是记者,我让你记住我,就是记着记者。"

那种时候,这种逞强的事情,我经常做。

凭本事拿冠军

业务的提高,来自与多方进行沟通的习惯,尤其是要多听取别人的意见。这一点,我深有体会。有一次在聊天时,制片人对我说:"选手不要一枝独秀,还是水平接近的两个人的激烈厮杀比较好看。"

我觉得有道理。因为之前,我为每期节目挑选选手时,一般都是按照选手水平的高低排列组合,每期有一个好的,再搭配一个弱一些的,然后是更弱一些的。听取制片人的意见之后,我有意识地为他们搭配势均力敌的对手,的确,比赛更激烈了。

那几年做《大赢家》，有很多难忘的事情。

比如"结尾忘录事件"。

那还是在山上的时候，在《大赢家》播出的早期。因为比赛很好看，结果负责录带子的女编导只顾看热闹，带子停了都没注意，导致结尾部分没有录上，这可是一个责任事故。

我查看了带子，发现只是主持人刘仪伟和最后拿大奖的选手单独答题交流的部分没有被录上。于是在下一轮录像时，我提前让刘仪伟和那位选手补录这个段落。

刘仪伟和选手比较配合，尤其是那位男选手，上场之后，兴奋地喊叫着对台下招手——其实台下没有观众。

顺利录完之后，我非常感动，上前拥抱了那位男选手。

在《大赢家》那几年，我和一些选手后来都成了朋友，之所以说后来，是因为我定了规矩：录像之前私下不见面，防止漏题、作弊。因为我就是准备题库的负责人，又是确定选手的负责人，那么我如果用这个权力换取利益，那就太容易了。可是从《幸运52》开始，我就立志要做高收视率的优秀节目，一旦作弊，观众很容易就能看出来，节目不可能长久。

对于一个具有比赛性质的节目而言，公平是第一位的。

但是仍然有选手企图"收买"我。印象最深的是一位海军女中尉，形象很好。她在录像之前到栏目组找我，一开始我还没明白，跟着下了楼，结果她就要带我走（估计是有个车在等着，应该是想给我送礼之类的）。我马上警觉，说我还有事要回去，她就支支吾吾的，问我都有什么题，我很挠头，因为这是一个台里领导介绍的选手，我对她的印象也不错，是种子选手，正常发挥能得冠军。

于是我就说："这样吧，我不会把题目告诉你，但是这几个月，我们每期都增加了几道时事新闻题目，你多看看近期的报纸吧。"

比赛结果是她得了冠军，非常开心地请我吃饭。这个时候我可以赴约了，因为我们已经没有利益关系。也就是说，她已经拿走了大奖，完全可以不再联系我。

还有一位医生，最后拿了冠军，区别在于他没有在比赛之前找我。比赛后他请我吃饭时，非常开心，他说："薛导，我敬你一杯，因为你让我凭本事拿了这个冠军。说真的，我是个很傲气的人，如果你提前告诉我题目，我即使拿了冠军，也会看不起你！现在多好！干杯！"

这位医生选手，代表了多数人的想法。

还有一件令人伤感的事情。一位男选手在2001年得了第二名，但是第二年他在车祸中去世了，他的妈妈找到我们，希望能把儿子参加节目的视频刻成光盘，好留作纪念。因为那个年代，普通人家无法录视频。我连忙安排后期人员刻录光盘，送给了选手的妈妈。

没想到，《大赢家》节目的光盘，成了连接母子永远的纽带。

至今我还对这位男选手有一点印象，在台上，有些腼腆地笑着答题，瘦瘦高高……

又一次跌倒

就在《大赢家》的各方面都逐渐稳定的时候，我与制片人产生了矛盾。用同事的说法，我是功高盖主，其实就是我个性张扬、不成熟，而且有了成绩之后开始膨胀了，甚至打算离开这个栏目另起炉灶。

在 2002 年 11 月的时候，制片人把我免职了，这个时候，我才认识到事情的严重性。因为我是从外地来大连台的，根基浅，也不熟悉上层领导。结果，离职之后，很长一段时间找不到下家。主要还是当时生活频道的领导不想给我安排（他与《大赢家》的制片人关系很好）工作，因此，生活频道的各个栏目都不敢接收我。

唯一的例外是小叶，她是大连电视台最知名的女主持人，本名叶蓁楠，曾经在 20 世纪 80 年代出演过电视剧《四世同堂》大赤包的女儿招娣，她是大连家喻户晓的公众人物，能力与口碑都非常好。她主持的节目叫《霜叶集》，被称为大连的《夕阳红》。她欣赏我的能力，接收了我，让我做编导。

小叶心直口快，谈事情主要从业务的角度出发，比如她对我说："领导选人的标准真是有意思，比如咱们频道的年轻制片人某某，在我眼里，做编导都不合格，可是咱们频道的领导却让他做制片人。"

另外，小叶说："宝海，你的强项是文字，这可不是几个月就能练出来的，需要 10 年以上的功力。"

现在回头来看，这些年能够重用我的，都是一些本身能力就很强的人,他们通常不大在乎我的个性,因为他们能"驾驭住我",而且善用我的长处。再比如北京大学新闻与传播学院,能够让我教三年的课,显然是能够包容我的个性,让我用自己的实践经验来教学。

和小叶共事的几个月,令我很快乐,虽然是老年节目,但是小叶放手让我做,鼓励我、支持我,所以我也做了几期很满意的节目。然而没过几个月,小叶告诉我:"我留不住你了,频道领导就是让你离开,怎么说都不行。这样,我跟我爱人李新说了你的情况,你去他那里吧。他在大连一套刚做了一档新闻评论节目。"

李新是大连电视台新闻频道的元老级播音员,知名度比小叶更高,走在街上,几乎所有人都认识他。此时,他在创办一档新闻评论节目《直接表达》,对国内的一些热点新闻进行评论,恰好需要一个撰稿,我就去报到了。

在《直接表达》期间,我工作得也很开心,总体上,李新比较支持我的工作。即使有一些分歧,也能通过沟通来化解。

有一件事,令我印象很深,我写了一期关于提倡中国电影尽早分级的稿件,李新觉得太大胆了。但是他马上对我说:"宝海,你有些不服气是吧,这样,咱们去找李主任,让他看看,如果他说没问题,咱就录。"

他说的李主任叫李盛之,当时是大连一套新闻频道的总监,年轻有为,口碑很好,也是《直接表达》栏目的监制。李盛之看完我的稿件之后说:"怎么了?这篇稿子写得很好啊,有什么问题吗?"

我很惊喜。李新有些意外:"那个,您觉得这句话不过分吗?"李新指了其中的一句话。

李盛之想了想："嗯，这句话是有些过，那就拿掉这句话吧。不过，评论文章，应该观点鲜明，多一些渲染，那样才有力度。"

我很感谢李盛之的指导。

这期节目得以正常录制。

让我没想到的是，过了半年，《直接表达》也面临改版，工作停下来了，并且一停就是很长时间。而对于我来说，没有工作，就意味着没有收入，那我拿什么交房租呢？

雪上加霜的是，就在那段时间，2003年7月，我回哈尔滨办理了离婚手续。如今想来，赌气的成分居多，我还是性格不成熟。可以说，在第一段婚姻中，我没有尽到丈夫应尽的义务，只顾自己的事业发展，过早离家北漂。而且我也不是一个合格的父亲，在朵朵6个月的时候就离开了她，去了北京。

离婚的当天中午，我到一家小饭店吃午饭，只喝了一杯啤酒，就吐了。我的心情太差了，遭受了事业与家庭的双重打击。

回到大连后，我病倒了，病了一个月左右。

在那时，我对前途感到深深的绝望，每天的心情都很沮丧。找不到工作，靠借钱交房租，又离了婚。那种情形，很像一部好莱坞电影《离开拉斯维加斯》中主人公的状态，电影讲述了一个失意的剧作家，在拉斯维加斯酗酒而死，由尼古拉斯·凯奇主演。

我给原来黑龙江台的老同事李涛打电话，跟他说，我想回哈尔滨，先争取复婚，再通过老关系，找到在电视台的工作机会。因为我实在熬不下去了，外面的世界，太冰冷了。

李涛比我大一岁，遇事很成熟，他说："宝海，按你说的，你回哈尔滨，争取复婚，再找工作。那么过一段时间呢？你别忘了当年你是怎么离开哈尔滨的？你是因为调不到黑龙江电视台，婚姻中两人性格又不合，总闹矛盾，所以去北漂。那么你要知道，你现在不是原来的国家正式干部身份了，只能是一个临时工，电视台的栏目经常改版、调整、撤销，你的工作一定不稳定。如果失业了怎么办？如果失业的那段时间内你的婚姻又出了问题，你该怎么办？你还会再走吗？你已经是走过一次的人了，宝海，依照你的性格，你无路可走，你只有上吊自杀了！"

李涛的一席话，让我猛然清醒了。是的，不能走回头路，只能咬牙挺下去。

我一直很喜欢周星驰的电影《武状元苏乞儿》，看了无数遍，有时看着看着就会落泪。这部电影讲的就是一个人（苏察哈尔灿，周星驰扮演，广州将军的儿子，武艺高强），曾经非常风光嚣张，又跌落深渊，但是最终又重新站起并且获得了成功。

电影的高潮部分，就是苏灿刚刚考取武状元却被剥夺了头衔（因为目不识丁，被人检举抄袭而贬为乞丐），又被仇人打折了筋骨，最后沦落到以乞讨为生。最感人的段落，就是天寒地冻的时候，他到一户人家门前乞讨，而走出来的正是自己曾经追求过的女人（这个女人对苏灿说，要想做我的男人，就要当状元。苏灿才上京考武状元），苏灿转身就走，一边走，一边流泪。

片中有个最励志的段落，也是我最喜欢的段落。描写的是，困境中的苏灿，乞丐模样，在树林中发呆。这时过来一个老乞丐，对他说："这几个字是你写的吗？"

原来苏灿在一个石板上写了"苦海无涯"四个字，要知道在此之前，他是不会写字的，正是在遭难之后，他才开始学习写字。

苏灿不承认自己写了字，赶紧把这几个字抹去。结果老乞丐对他说："你现在缺的不是钱——缺的是自信与尊严，还有你心爱的女人。"

接下来老乞丐托梦给苏灿，梦中教会他绝世武功，当苏灿从梦中惊醒后，发现在自己刚才写字的那个石板上出现了四个字：苦尽甘来。

每次看到这里，我都会流泪，感同身受。

过了几个月，我的境况出现了转机，不是找到了新工作，而是在2003年的时候，中国的互联网产业开始蓬勃发展，我赶上了一个好时机。

我喜欢这样一句话：个人的命运，与国家的命运，息息相关。

网络大发展，拯救了我，我拼命挣扎，居然成了网络红人。

那也算一种"苦尽甘来"吧。

无意中成为网络红人

我第一次在网上发表文章，写的是《故人说李咏》。大致是在2002年底，那时我已经离开《大赢家》，处于失业状态，内心苦闷，故而怀念在《幸运52》的美好日子。

在之前的一段日子里，李咏来大连电视台主持节目，我去后台看望了他，李咏对我很热情。在这种情况下，我写了一篇回忆李咏的文章，并且发在了网上。让我没想到的是，居然有一些媒体转载，比如《深圳商报》。然而那个时候，我并没有想到继续在网上写文章，还是一心一意地找工作。

找工作的阶段，我的心情很灰暗。那时我在想，如果能做一档节目，让家乡人也能看到（后期字幕上有我的名字），那该多好，就能找回失去的尊严。可是那就需要做央视或者卫视的节目，而我现在连大连台的节目都做不上，唉！

一位同事对我说："要不你去大连开发区电视台找找机会吧。"

我听了之后很恼火，心想，在你眼里，我只配去开发区电视台工作吗？可是，我忍住了没有吱声。因为他没有恶意，是出于同情我才这么说的。

在他看来，一个在大连电视台长期找不到工作的人，去开发区电视台找工作，不是很正常的选择吗？

过了一段时间，大约在 2003 年初，也就是小叶收留我的时候，我的境况好了一些。出于感激，我写了一篇赞美小叶的文章，《国内十大女主持人的优缺点》（目前在网上依然能搜到）。这篇文章用诙谐的语气点评了国内比较知名的十位女主持人，第十名就是小叶——显然，从知名度来说，小叶的分量不够，但这是我的感恩之作。

出乎意料的是，这篇文章在网上火了起来，点击量巨大，转载无数，后来有人告诉我，如果把转载文章的点击量也计算在内，总共点击量应该过百万，这在 2003 年，是个惊人的数字。

趁着这股热劲，我又写了《国内十大男主持人的优缺点》《国内十大新锐主持人优缺点》。后来又写了几篇文章，这时我的知名度大增，自信心也有了一些，于是我就继续笔耕不辍。

有一天临近午夜，我还在办公室的电脑上写评论文章，李新来了，要拿一件东西。他走到我后面，发现我不是像其他同事那样玩电脑游戏，而是在写文章，他感慨地说："宝海，你小子将来要是没点出息，都对不起你下的苦功！"

这番话让我很感慨。我想起了高中时代，父亲去世，家里陷入困境，母亲开一家小卖铺供我和弟弟上学，我一边看店一边学习，经常会熬到深夜。有一位邻居就对我说："吃得苦中苦，方为人上人。"

之后，有很多网站开始跟我联系合作，其中最著名的就是新浪网传媒频道，主编是位女性。

新浪网跟我谈的条件是不论字数，每篇文章付给我 100 元，这让我很高兴。那个时候，我正处于创作高峰期，每个月都能写四五篇文章，收入足够交房租了。由于我写的电视评论文章，基本都是批评类，尤其以批评央视知名栏目为主，所以很受网友欢迎。在那个阶段，我连崔永元的新栏目《电影传奇》也批评，胆子很大，当然，这样才会有人看。

湖南卫视也派人联系我，但是他们希望我能写一篇表扬性的文章，来称赞他们的一个新节目，说是可以负责联系到《南方周末》去发表，而且会给我很高的稿费，这就是俗称的"收买枪手"。经济困难的我显然不会马上拒绝，但是我看了他们推荐的节目之后，表示很难写出溢美之词，因为节目并不好看。无奈负责宣传的小导演继续劝说我，她说"哪怕批评一部分表扬一部分也行"。我只好勉强写了。

文章没有发在《南方周末》，对方回复说"《南方周末》认为这不是薛宝海的文章，质量不高，不能登"。正合我意，湖南卫视的宣传人员也很无奈，不过也象征性地给了我几百元稿费。

湖南卫视找到我的时候，小导演告诉我，我的一篇批评湖南卫视《新青年》的文章，导致这个节目被叫停，我吓了一跳，怎么会有这么大的影响力。现在来想，估计也是那个节目各方面的反响不佳，我的文章成了"压倒骆驼的最后一根稻草"。

那个时候，我唯一写过的表扬性文章，就是称赞央视的《五一七天乐》的文章，因为我觉得那是娱乐节目的精品之作。据说这篇文章也缓解了央视对"七天乐"团队施加的压力，那个时候，央视内部对"七天乐"的批评声音很多，我觉得有些过分。后来认识制片人之后，他说，那个时候，他也曾经让人找过我，可惜没有线索。

如果那个时候"七天乐"栏目组找到了我，我可能就去"七天乐"工作了。

2003年10月，我在《三联生活周刊》发表了文章《顾城十周年祭》，就是源于最初在网上登出后，周刊的苗炜主编给我留言，和我取得了联系，继而在杂志上发表的。

很快，又有一个比"七天乐"更有影响力的央视大栏目在找我，而且找到了，也彻底改变了我的命运。

那就是《东方时空》。

歪打正着的批判

在大连台失意的阶段里，我曾发出过一个绝望的心声："我想回到北京，回到电视主战场，可是我却在大连，无论我做出什么样的节目，都不会让北京看到（因为大连台不上星），更何况，我现在还在失业中，连做节目的机会都没有。"

但是我没想到的是，网络的威力太大了，它完全跨越了时空界限，让在大连的我，开始被北京的主流电视界知晓。

感谢网络时代的到来。

2003年10月，我写的一篇《批判〈东方时空〉》在新浪网首页登出，引起轰动，据说有央视的人找新浪网，要求撤下这篇文章，新浪网没有马上撤，因为点击量高的文章，当然要多登一段时间。

《东方时空》注意到了我，尤其是子栏目《时空连线》的制片人刘爱民，他让栏目组的人找我。恰好，王跃军就在那个栏目，于是他就联系了我。

2004年5月中旬，在王跃军的介绍下，我在北京见到了刘爱民。简单交流之后，刘爱民表达了希望我加盟的意愿。我很高兴。然后他问我："你准备怎么来这里呢？"

我听明白了，他问的是，我现在还在大连台——其实他不知道，严格来讲，我已经失业一年多，而且早不属于大连电视台了（入职合同只签了一年，没有再续）。

我说："你刚才跟我说过，前一段时间，大连台的新闻频道李盛之主任，向你推荐过两个人来实习，那你就告诉他，再加上我一个。"

《东方时空》当时几乎是中国最知名的新闻栏目，因而经常会有地方台推荐人来《东方时空》实习，这是常事。而且很多人借此为跳板，来到北京工作，甚至是留在《东方时空》。当然，每年都会有这样的幸运儿，只是人数少之又少。

刘爱民同意我的建议。但是他说："大连台推荐的那两个人，我不熟悉，你回大连帮我秘密调查一下，然后把情况告诉我。"

暗访，是新闻记者的常见工作，以前我在黑龙江电台做新闻记者时，也做过暗访，这回又要暗访了。

回到大连后，我先去"调查"第一个人：袁柏欣。以前我没听说过这个人，一打听，原来是大连电视台早间新闻的制片人，比我小两岁。我找机会见了他本人一次（没有说话），感觉是个好记者，很干练。

第二个人是个女生，我找了好几个熟人，才问出她在大连三套做记者，大学毕业刚一年。我又找机会见到了她本人，形象一般，不过我了解到她毕业于大连理工大学电视编导专业，看来有功底。只是为何这么年轻，就会被领导推荐去央视实习？而且也不是新闻频道李主任的直接下属。

我有些遗憾，关于这个女孩的背景，我得不到更准确的信息，只能是这些了。

于是我把以上信息，打电话汇报给了刘爱民。刘爱民对我的调查比较满意。他说："看来那个男的是个好记者，值得培养。那个女孩呢？这么年轻？宝海你给我个判断，这个女孩是否值得培养？"

我只用1秒钟就想明白了——何不做个顺水人情，也不差这一个实习的。

于是我说："当然值得培养，毕竟是重点大学的电视编导专业毕业的，看着那个女孩的面相，也很干练。"

刘爱民说："好了，你等通知吧。"

一天后，我接到了李盛之的电话，当我赶到他的办公室时，袁柏欣和那个女孩已经坐在那里了。

李盛之说："这次你们三个人去《东方时空》实习，是大连台历史上第一次组成团队去实习，很光荣。希望你们能学到真本领，当然，如果以后能留在《东方时空》或者中央台，我也为你们感到高兴。只是我有一点希望，将来不要忘了是大连台培养的你们，如果大连有事情需要你们，希望你们尽力完成。"

我们都简单地表了态。

李盛之最后说："这次能去实习，你们两个也要感谢薛宝海，具体的原因，你俩慢慢就会知道了，这是明天晚上去北京的火车票，台里给你们买好了。"

第二天我们就出发了。

到北京后不久，李盛之来北京出差，还特意到《东方时空》节目组看望我们，也表达了对刘爱民的感谢。

我和李盛之主任一直保持着联系，几乎每次回大连，我都去看望他，我对他一直怀有感恩之情，感谢他对我那篇文章的"赏识"，感谢他送我来北京。如今，李盛之已经是大连新闻传媒集团副总经理了，我们还经常通过微信联系。

老实说，我对大连和大连电视台一直有很深的感情，尽管那里也是我的伤心地，但是我喜欢那座美丽的城市。我在那里，也有几位好朋友，比如帅气的主持人杨华维。还有贾非，他是一位好编导、好制片人，人也非常正直。

从2000年1月到2004年5月，我在大连工作和生活了四年，在其中大约一年半的时间里，我没有具体工作，仅靠在网上写文章来挣稿费，交房租，赚生活费。在我要去《东方时空》报到之前，我已经

第2章／蛰伏：大连四年

落魄到不但没有工资,而且连大连台的饭卡也要自己充钱了(因为我早已经不属于大连台的职工了,没有栏目组,也就没有哪个频道每月为我充卡)。可是因为大连电视台的食堂饭菜又便宜又好吃,我早已经习惯于一日三餐都在食堂吃了,即使自己花钱,也愿意。

还有一个原因,我虽然已没有栏目组可待了,但是我自己又没有电脑,因而上网、写文章、看凤凰卫视的节目(主要用于学习),都需要在台里进行,所以我就"赖"在一个大办公室里,好在也没人关心我到底是哪个组的。

后来到北京后,刘爱民告诉我,当他给李盛之打电话时,提出加我一个来北京实习。李盛之听到我的名字后愣了一下:"薛宝海?薛宝海不是大连电视台的正式职工啊。"

"我知道啊。"刘爱民笑了。

"哦,我明白了。"李盛之说。

就在写这篇文章的时候,我忽然冒出一个想法,那个时候,我如果去找李盛之,或许他能给我安排一个栏目组——我感觉他是个惜才而且人品好的人。可是,我和他并不熟悉,我又是个很好面子的人,所以不知道怎么跟他开口。

世界上最难的事,并不是穷困潦倒,而是面临困境时,你不知道该如何摆脱困境。

那就没办法了,苦日子,只能自己熬了。

2004年5月27日,我们三个人正式到《东方时空》报到。那天正好是朵朵6周岁的生日。

过了半个多月,已和我成好友的袁柏欣跟我聊天,讲了他刚听到的一件事。

前几天,在大连电视台,有两位年龄比较大的女同事一边等电梯一边在聊天,一位说:"你听说了吗?袁柏欣在《东方时空》出镜了。"

另一位大姐说:"这算什么,薛宝海还在《焦点访谈》出镜了呢?"

第一位大姐有些纳闷:"薛宝海是谁啊?也是咱们大连台的吗?"

第 3 章

初心

重返央视

即使是世界顶级的小提琴演奏家,如果在街头卖艺,收入也只会寥寥;但哪怕是普通的小提琴手,如果有机缘站在国家级舞台上独奏,也就会身价倍涨,这就是平台的作用。

很多人的成功,都与所处的平台有非常大的关系。所以有很多刚毕业的年轻人,即使吃尽苦头,也要在北上广挺着,等待机遇。

正如有些知名主持人,刚进台时都是普通员工,在工作中不断历练,渐渐地,就成了媒体行业的佼佼者。

崔永元与白岩松的成功,不太一样,前者是在面向普通人群的节目中凭借幽默、睿智、接地气的主持风格脱颖而出(《实话实说》)。而白岩松正好相反,他在节目中接触的都是大人物(《东方之子》),说的是大话题,大家觉得他是主持高端节目的主持人,鹤立鸡群。

所以,我们仰望大人物时,其实也是在仰望他所在的平台。

我在《东方时空》这一年,也是慢慢地感觉自己成了大人物,可以指点江山了。而且当昔日的偶像每天在身边工作时,就会注意到他的一些缺点,人都有缺点。

其实，偶像，只是偶然间挂在了很多人桌边的头像，当你站起来时，就会发现大家都是普通人。

新闻工作者的年会

早在2004年的12月份，央视新闻评论部的各个栏目就报送了参赛歌曲，加入初选，准备参加年底的评论部歌曲大奖赛——这也是本年度评论部的年会内容。

我去看过一次选拔赛，是崔永元主持的，他的幽默反应真是太棒了。

在白岩松面前，崔永元更是显得在幽默感上"技高一筹"。

当台下的白岩松说自己已经退居二线时，崔永元说："你现在手里有三个栏目在主持，还说自己退居二线？"

然后不知怎么聊到了女人生孩子，白岩松说："女人生孩子的感受，我怎么会知道？"

崔永元说："你知道啊，那就是痛并快乐着！"

"痛并快乐着"是白岩松写的第一本书的书名。

2005年1月的一个下午，新闻评论部年会在京西宾馆举行。

台下的观众被分为两组，从衣着上进行区分。在面对主席台的偏右侧有一组，这一部分人的文化衫上写着"一套"（中央一套的简称），位于偏左侧的另一部分人，胸前的文化衫上写着"新闻"（新闻频道的简称)。我所在的《东方时空》栏目属于"一套"。

"一套"的啦啦队队长是白岩松,在最前面敲着一面大鼓。"新闻"的啦啦队队长是阿丘,也在最前面敲着大鼓。

年会一开始,是"押送"地主恶霸出场。我很惊讶,戴着高帽"被押送"出场的居然是新闻评论部的几位主任——还有一位女主任,她有些尴尬,很不好意思。虽然那个时候我已经看过《东方时空》的视频,但是仍然对这种"过格"的阵势感觉很惊讶。

待几位领导坐好后,年会正式开始,崔永元出场。

崔永元首先说:"这个会场是举办十一届三中全会的地方,所以感觉办什么都是大事。"然后他宣布了比赛规则。那就是各个栏目报送的歌曲,按照所属频道"一套"和"新闻"来归类,分成两大组进行擂台 PK 比赛,每次演唱两首歌曲,一首是"新闻"的,另一首是"一套"的,分数高的获胜。最后看看哪个组获胜的歌曲更多,那就是最后的赢家。每次由评委现场打分——评委就是阎肃等几位艺术家。

然而等到两首歌曲唱完,评委打完分之后。崔永元却说:"现在我宣布正式的比赛规则——刚才的打分不算数。"

台下大笑。

崔永元说:"刚才比赛的是爱情歌曲,爱情歌曲嘛,得有一定热度。来,有请护士——给他们两个量一量体温,体温比较高的获胜。"

护士上场,量体温,报告温度,其中一位获胜。

大家高兴极了,没想到还有这种规则的歌曲大奖赛。于是都期待着节目会有更多精彩的花样。

等崔永元正式出场后，他自嘲："为什么我从来不去维也纳金色大厅看演出呢？就是因为不知道什么时候该鼓掌，什么时候人家真唱完了。"然后他宣布这一轮的正式比赛规则："美声歌曲是从外国传过来的，外国歌曲嘛，就要看哪个国家离中国比较远——你唱的是哪国的歌曲？俄罗斯，你呢？意大利的。好，意大利离中国比较远，我宣布，唱意大利歌曲的获胜。"

台下又是哄笑。

我注意到，白岩松做啦啦队队长也很卖力，丝毫没有因为崔永元是主角，而影响他的心情，甘当配角。

年会在欢乐的气氛中结束，大家都很尽兴。无厘头规则的唱歌比赛，因为有崔永元的主持，显得精彩极了。

在《焦点访谈》做出镜记者

我从大连电视台到中央电视台的《东方时空》报到，制片人刘爱民曾问我愿意做前线记者还是后方策划，我说"策划"。因为我对做前线记者信心不足，毕竟《东方时空》的记者岗位上人才济济，而我在这方面的工作经验不够丰富。

刘爱民是《东方时空》其中一个板块《时空连线》的制片人，《时空连线》是新闻专题类节目，主要做突发事件。节目形式是由北京演播室的主持人与前方记者同步连线，记者介绍前方的新闻进展。

《时空连线》也是《东方时空》最重要的板块，它是《直通现场》

的升级版，再早一些的前身就是《时空报道》。而《时空报道》在新闻评论部内部被称为"老四组"（1993年《东方时空》成立时的"番号"），"老四组"培养了中国众多的知名新闻记者和主持人，比如敬一丹、水均益等等。以"老四组"为基础，又分化出了《焦点访谈》与《新闻调查》。因此，能到《时空连线》做策划，真的是新闻人的幸运。

除了做策划，刘爱民还交给我另一样工作："宝海，你来做《时空连线》的宣传主管，你不是骂过这个栏目吗？好，现在你来负责宣传这个栏目。"

刘爱民有多大才华，我不敢评价，但是他能够把批评他工作的人请来做同事，足以看出他心胸宽广。

我很幸运，刚进入《东方时空》，就在《焦点访谈》做了出镜记者。

那是在2004年5月底，我参与报道了一起突发新闻事件，四川泸州天然气爆炸事件。5月29日，四川泸州纳溪区炳灵路15号居民楼附近的人行道下，发生天然气管道爆炸，造成5人死亡35人受伤。初步调查结果显示，是生产责任事故，主要原因是当地天然气管道泄漏，而管理人员麻痹大意，没有及时维修。泄漏的天然气遇到不明火源，引起爆炸，酿成重大事故。

前方记者是李娟，摄像师是董汉卿，我是后方策划。

《时空连线》很快做出了这期节目，北京演播室的主持人是王跃军。节目做得很顺利，来审片的领导是时任新闻评论部主任的梁建增。

梁主任的性格非常好，总是微笑着与人说话，他对节目很满意，但是他对刘爱民说了这样一句话："你们不要总想着自己（他指的是《时空连线》），有好选题也要想着《焦点访谈》，我看这期节目就可以在《焦点访谈》播出。"

以前也有多期《时空连线》的节目播出后，再在《焦点访谈》播出。

刘爱民马上找到主编刘年来商量，要按照《焦点访谈》的模式来修改。最后决定，由我来采访北京的一位天然气专家，作为内容补充。因为《时空连线》的主体结构是连线，而《焦点访谈》一定要有访谈。

刘爱民特意嘱咐摄像师："别忘了给宝海拍一个反打，记者出镜会让节目更有效果。"

有一位同事对我说："爱民对你可真好，以前也有类似的事情，爱民就不会嘱咐摄像师。你一定做了让爱民特别开心的事情。"

旁边一位同事说："他写了《批判〈东方时空〉》。"

6月7日上午，我采访了专家，下午做了编辑，晚上做节目合成，按照领导要求，第二天播出这期《焦点访谈》。

傍晚的时候，我告诉主编刘年："刘老师，今天是我33周岁的生日，我请大家吃饭吧。"我指的是参与这期《焦点访谈》制作的几位同事。

没想到刘年说："宝海，生日可以晚一天过，明天吧。还有什么礼物能比得上你在《焦点访谈》出镜？这不是最好的生日礼物吗？"

听了他的话，我很感动。

第二天，2004年的6月8日，下午四五点钟，敬一丹在一个小演播室出镜，录制这期《焦点访谈》的开场与结束语，当然，撰稿人是我。

合成，审片，一切都很顺利。

晚上，我们大家在《时空连线》栏目组一起看播出，当天的《焦点访谈》的内容就是《四川泸州天然气爆炸事件》。片中有我的反打镜头，画面中我举着话筒采访专家，我坐在那里，因为两人聊的时间比较长。我穿的是浅黄色的半袖衣服，那是三年前我在大连买的，花了100多元，买它也是为了在大连电视台主持一档谈话节目《真情驿站》，那也是我当时最贵的一件衣服了。

节目播出后，刘年招呼大家："走，喝酒去，给宝海过生日。"

那一天我喝了不少酒，很开心。刚来到《东方时空》，就能在《焦点访谈》出镜，我感到自己非常幸运。《焦点访谈》的影响力真的很大，节目刚播完，就有很多亲友给我来电话、发短信，包括一位在日本东京的中学同学李伟强，也在网上问候我，估计他是在网上看到央视一套《焦点访谈》的节目。

刘年现在是《焦点访谈》的制片人，前几年我请他帮我办过一件事，答应请他吃饭。事情办成了，可是我一直还没请他吃饭，唉，真是对不住。

这期节目，有些内容值得回味，都是李娟调查来的。

首先是在出事前几天，当地居民就已经闻到煤气泄漏的味道，到泸州天然气公司安富天然气管理所进行反映，可是管理所第一次派出来进行检测的人员居然是位司机，而且没带检测设备，司机看了看，说了句"没什么事"就回去了。

居民们继续反映。第二次来的是安富天然气管理所副所长。

记者："你是怎么检测的？"

副所长："用鼻子闻。"

记者："为什么不带检测设备呢？"

副所长："设备坏了。"

记者："那你闻出什么来了？"

副所长："没闻出来。"

记者："为什么没闻出来？"

副所长："因为我有鼻炎。"

由此可见，基层管理人员的失职，到了何种程度。

客观而言，这期节目，我的贡献很小，主要功劳还是前方记者李娟和摄像师董汉卿的。而李娟已经在前几年正式调入《焦点访谈》，现在是央视著名的调查类记者了，只是在当年，2004年，她还是20多岁的年轻记者。然而，即使她很年轻，也表现出了老练的新闻素质，比如在这件事情的处理上——寻找所长。

按照程序，北京演播室的主持人要连线安富天然气管理所的所长，他也是事件的主要责任人。可是,约好的时间到了,这位所长却不见了,电话也不接。看来,他躲了起来,因为谁都知道,一旦因为安全事故在央视露脸,他的结局会很糟。

那怎么办?连线不到主要责任人,节目没法进行了。

李娟与董汉卿商量了一下,然后找到了在现场的最高领导人,四川泸州的一位副市长。

李娟:"副市长,请问安富天然气管理所的所长到哪里去了?"

副市长:"我怎么知道,我们也找不到啊。"

李娟:"那这样吧,如果找不到他,就连线你,你来谈这次爆炸事件,北京演播室在等着你……"

副市长急了:"跟我有什么关系,是天然气公司的主要责任嘛。"

李娟:"你作为这个城市的副市长,出了这么大的安全事故,你一点责任都没有吗?如果你不同意连线,我就在镜头前说你拒绝采访。"

副市长真的急了:"这可不行,你怎么能这么说……"

李娟不说话,看着副市长。

副市长嘟囔着离开了。

过了半小时,那位安富天然气管理所的所长被人"护送"到了事故现场,接受央视的连线采访。

事后听说,这位所长已经被有关部门控制了,而那位副市长显然知道这个情况,只是考虑到"关键责任人不在,就会减轻事件的影响力"。但是没想到李娟不依不饶,最后副市长只好联系相关部门,带来了天然气管理所的所长。

第3章 / 初心:重返央视

再来说一件小事，这期节目播出没几天，我在央视老台附近碰巧见到了一位认识的人，也是《焦点访谈》的记者。他非常热情、非常主动地跟我聊这期节目，说做得很好。

我感谢了他的鼓励。

这个人就是我在本书开头讲到的，我在1998年末刚来北京时见到的那位《焦点访谈》的记者。其实站在他当时的角度，他的话有一定道理，做《焦点访谈》这样的电视专题节目，文字的确不太重要。

高手云集的节目

前面说到我在《时空连线》栏目组做策划，又兼做宣传主管。有一次行使宣传主管职责的时候，我对《东方时空》有了新的认识。

那一次，《北京青年报》大幅转载了《时空连线》的一期节目，提升了这期节目的影响力。在请示领导后，我决定宴请《北京青年报》的相关人员，然后又找了一位《东方时空》的策划作陪。出发之前，这位策划问我："你带了多少钱？"

我说："刚才取了1000元，应该够了。"

他说："再取一些吧，也不知道对方领导会不会喝酒，如果喝酒，费用就会比较高。宝海，你是不是以为现在的《东方时空》还是1993年创业、大家都住地下室的时候呢？现在我们是主流栏目，经费充足。你是代表《东方时空》出面的，别怕花钱。"

我很惊讶，只好又取了 3000 元。

实际上那顿饭只花了几百元，对方来的是女领导，和一位女编辑，她们都不喝酒。

刚来《东方时空》不久，我就深切地感受到了《东方时空》的巨大魅力。

首先说管理方面。当记者去机房做后期时，后期编辑会给记者一个表格，表格是用来给后期编辑打分的，涉及的内容包括能力和态度等等。这种背后打分制度，让记者敢于在后期编辑面前坚持自己的意见。

在国内的电视台，由于都是国营体制，导致后期编辑有时听不进记者意见，甚至会发生争吵。新闻评论部发现了这个问题后，马上出台了这种背后打分制度，制约了后期编辑。这样做的目的，就是以一线记者的创作为核心。当然，现在的很多影视传媒公司，有了规范的制度约束，后期编辑的态度普遍比以前好很多。

再来说《时空连线》的每日评片制度。

《东方时空》作为日播节目，每周一到周五的下午两点，是第一次重播时间。《时空连线》的工作人员会被召集在一起，开会看节目。然后轮流发表意见，而且以批评意见为主，经常是火药味十足，这让我惊诧不已——有记者告诉我，没事，想说什么就说什么，大胆进行批评。你今天不批评他，等你节目播出时，大家也不会对你客气。

的确，真知灼见，才会让人进步。

印象最深的，是有一次观看"美军攻占喀布尔"的节目。这是一期编辑类节目，内容是美军进入了阿富汗首都喀布尔，赶走了塔利班。当地人民热烈欢迎美军的到来，妇女得到解放，又可以上学上班了等等。配乐尤其好，仿佛好莱坞大片，看得人热血沸腾。刚播完，办公室内马上响起来了掌声，我也觉得这个片子做得太好了，编导真有水平。可是在发言中，策划闫兴宇却冷冷地说："你们为什么鼓掌？就这个片子问题最大！"

大家都愣住了。

闫兴宇说："这是站在哪个角度做的节目？这完全是站在美国人的立场做的节目，用的都是CNN（美国有线电视新闻网）的素材。你们怎么知道阿富汗所有的人都高兴呢？中国的电视台，做这种国际题材的节目，只站在战争一方的角度是不对的，应该客观。"

真牛！这几句话让我记到今天，从此也记住了这个叫闫兴宇的策划人，后来听说他去国外留学了，前些年还做过《共同关注》节目。

《东方时空》的高人真多。

对了，前面提到的陪我去吃饭，教育我，让我请客多准备钱的人，也是他。

还有一次，是讨论选送用以评奖的节目。我提议对某个节目做后期修改，使其更完美，然后送去评奖。这时候一位老记者马上说："薛宝海，你这是典型的地方台思路，总想着事后修改，作假。去参评，就要拿最真实的节目，有些遗憾不算什么，真实的才叫完美。"

说得多好！这种"做真实节目"的思维一直被我沿用到后来的《星光大道》。

再说个事儿，也挺难忘，它产生了另一个效果。

有一个夏天的晚上，我看见值班的美女策划小袁过来对《时空连线》的制片人刘爱民说："爱民，今天的值班编辑老关刚才在发脾气，他说明天早上这期节目，他做不出来（是个抗洪的节目）。他说，都到半夜了，一个画面都没传过来呢，怎么做？！"

刘爱民那时已经穿好了衣服准备离开，听后马上说了一句："你去跟他说，做不出来让他去死，就这么说！"说完刘爱民就走了。

我很好奇，就跟着小袁到了老关的办公室。小袁站在那里，怯生生地说："爱民说了，做不出来，让你去死。"

人高马大的老关扑通一声坐到了椅子上，说不出话来。

第二天早上，抗洪节目如期播出。

新闻评论部的工作氛围特别好，上下级之间沟通顺畅，领导以理服人。最让我难忘的就是李挺主任"毙"我片子的事情。

2004年8月，我做了一期关于山西平遥文物保护的节目，大意是揭示当地政府对文物保护不够。节目预计在第二天早上播出。头天晚上，当时的新闻中心主任李挺来审片，李主任看完之后说："宝海，我有个意见，供你参考。我知道你刚来《时空连线》，很想多做几个好片子。可是咱们想想，这个片子播出之后会有什么效果？接受采访的这个副县长估计得被撤职,可是他刚来几个月,这事儿怪他吗?而且事情也没有多严重。另外我们做节目的目的是什么?是争取解决问题,而不是让几个官员下马。这个副县长,我感觉还是在积极解决问题,那么节目播出后,只能事与愿违。所以我建议不播这期节目,你看行吗?"

我一听马上点头:"行,行。"这么大的领导,毙了我的片子,还给我耐心解释,真是让我很感动。当然,我最大的收获还是"做节目的目的到底是什么"。

等确认好备播节目之后,我对李挺说:"李主任,下盘围棋啊?"

李挺很高兴:"好啊。"

于是大家帮忙摆上围棋,值班的主编刘年又赶紧准备茶水、啤酒、烟,几个人在观战。

因为我提前问过别人,了解到李挺的围棋水平与我差不多。于是我决定先赢他一盘,让他知道我的厉害,再"不小心"输他一盘,给领导送一个面子。

然而,计划没有变化快,我一个疏忽,死掉一大块棋,没法再继续下了。我心里很懊悔,只好认输。没想到李挺却说:"宝海让着我。"

李挺走后,刘年对我说:"你小子挺会巴结领导啊!故意输一盘棋。"

我一脸无辜:"老天作证,我真是想赢他啊,可是……"

南院记忆

当时的《东方时空》栏目组位于羊坊店南院,国税总局对面,离央视旧址西门有一公里左右的距离。南院也是新闻评论部的大本营,几乎所有栏目组都在这里。

南院有自己的食堂,一日三餐都供应,只需要签个字就可以吃饭。饭菜质量尚可,同时有水果供应,服务也很好。

在南院食堂,令我印象最深的事就是巧遇阿忆。

那时我刚去《时空连线》没几天。一天中午我正在吃饭,忽然走进来几个人,是《实话实说》栏目组的。其中一人直接奔我走来:"薛宝海——"

我抬头一看,是阿忆。

可是我脱口而出的是:"您怎么认出我来的?"

阿忆笑了:"网上有你的照片啊。"

那时新浪网已经为我开了专栏,有我的大头照片,那是在大连电视台机房,让别人给我照的。

阿忆是我的"偶像"。在大连工作期间(2000—2004年),我通过看他和刘春的文章,来学习进步。那时候他俩在《南方电视学刊》有专栏,我每期必读。阿忆的文章更多的是从策划、制作的层面出发,文风幽默诙谐,很接地气。刘春的文章比较有高度,思维很新颖。

在来北京之前，我和阿忆在网上有过短暂的接触，没有深入交谈。他也读过很多我在网上发表的文章。

此时，阿忆正在主持《实话实说》。他告诉我，制片人是他的北大同学。

阿忆主持《实话实说》期间，有一期他策划的"谈赌博"，很有影响力，节目组请来了几位赌博高手，大显神通，让人瞠目结舌。阿忆做节目，比较看重收视率和影响力，这一点我很认同。

也是从南院见面开始，我和阿忆更加熟悉了。他又介绍我去北大讲课，去《半边天》栏目组，后来又介绍我到凤凰卫视的《投资收藏》栏目组，以及为《凤凰大视野》撰写《陈永贵传奇》等等。可以说，从 2004 年到 2010 年，这期间我所经历的栏目组或者项目，有一多半都是阿忆介绍的。因此称他为我的恩师和贵人，一点不为过。

《时空连线》在 2004 年夏天还做了一期好节目：《四川阆中看守所犯人脱逃事件》。当时有人反映四川阆中某个看守所管理混乱，犯人可以自由出入。这当然是个好选题，于是刘爱民派出了一明一暗两个采访小组，明的是袁柏欣（就是和我一同从大连电视台来实习的记者）带一名摄像师，他现在已经成了《时空连线》的主力记者。暗的是另一位女记者和一名摄像师。

明的一路，直接与四川阆中看守所联系，正面报道犯人脱逃又被抓住的事件。暗的一路，则私下里和举报的线人接触，秘密调查看守所的管理混乱问题。他们从看守所对面的小卖部里对看守所进行秘密拍摄。

小老板说，这个看守所的犯人可以自由进出——因为看守所违规搞经营，狱警卖酒给犯人，从中得到好处，便会纵容犯人不时溜出去。

结果就在某天晚上，那个线人忽然打电话给女记者："你们快跑吧，我今天犯事了，被抓了进去，我把你们来暗访的事情给说出去了。看守所的人一定会找你们算账的。"

听到这个坏消息，两路记者赶紧向北京汇报，刘爱民让他们尽快返回北京。于是两路记者会合后，打车连夜赶往成都。

路上，袁柏欣接到了阆中看守所的电话，对方问他在哪里。袁柏欣说了一个相反的方向，并说刚接到上级指示，要做一个紧急采访，阆中的采访不一定做了。

放下手机没多久，诡异的事情出现了。记者们临时雇的黑车司机的手机响了，正是阆中公安局打来的电话，问他在哪里、车上有几个人。幸亏我们的记者提前许以重金，这个司机就随口说了一个地址。来电话的人说："那你回阆中后，到公安局来一趟。"

连夜赶到成都之后，已经没有返回北京的航班了。但是这些视频资料必须马上传到北京，赶到第二天早上播出，否则这期节目就有可能播不出去了——阆中看守所方面会通过一些关系，或者找到更高的机构，试图阻止播出。

袁柏欣联系了四川电视台，说有一批资料要传给北京，需借用他们的传输系统。在传送过程中，不抽烟的袁柏欣买了两盒好烟，陪着四川台的工作人员在外面抽烟聊天——因为一旦被人发现他们的目的，恐怕这些资料就传不到北京了。

好在一切顺利，北京大本营连夜对内容进行编辑。第二天早上就播出了这期节目，影响很大。看守所所长被刑事拘留，公安部也派了调查组，进驻阆中进行全面调查。

还有一件很有趣的事情。

我刚去《时空连线》没几天，听到几位男记者在私下议论过一位女记者，说她居然在前几天的节目中，提出了很幼稚的问题。大意是在一次事故采访中，她去病房看望伤者。女记者问伤者："你现在难受吗？"那个人很生气，翻身起床，大声说："你说我难不难受？我都受伤了，都躺床上了，还能不难受吗？"

这段采访居然在节目中播出了。

我也很好奇，怎么会有人这么提问。其实通常情况下，可以问他："你哪里受伤了？"

没过几天，《时空连线》栏目组集体去北戴河开会。在大巴车上，我注意到坐在我旁边的是一位很漂亮的戴眼镜的时尚美女，应该也是连线的工作人员。开车不久，我就找了个话题跟她聊天："你知道最近有一期节目吗，咱们连线的一位女记者，问受伤的人难不难受？"

这位美女马上很大声地回答："那就是我啊，我问得有问题吗？他在床上躺着，谁知道他受的伤严不严重啊？"

我尴尬极了，一路无话。

高标准，严要求

2004年8月，《东方时空》筹备另一次改版。这一轮改版由白岩松主导，他做新版《东方时空》的总制片人，刘爱民是副总制片人。我也被刘爱民推荐加入了改版委员会，这是一个荣誉，因为除了我以外，其他都是主编级别以上的人员，更别说我那时加盟《东方时空》才不到3个月。

在第一次改版筹备会上，白岩松首先提出："咱们这次就先不升官了，先说节目改版。"他提出了自己的改版思路：《东方时空》板块化。这有些像1993年刚推出《东方时空》时的子栏目设置。

但是这种板块化设置，也遭到了《东方时空》一些人的反对，他们觉得这种理念已经过时。如果是做新闻，应该做"调查式新闻"，比如一个主题，既有新闻调查，也有对这个新闻各种角度的分析、链接等等，而不必做板块化设置。板块化导致各个子栏目互相之间没有联系，各做各的，形态差异很大。如果观众对一个析块不感兴趣，就会换台，那样收视率就会不稳定。

不过，因为白岩松是《东方时空》的灵魂人物，大家都选择信任和支持他。

那个时候，我很崇拜白岩松。我属于不过脑子、坚决执行的那一类人。因为能在他身边工作，就已经是一件很自豪的事情了。更何况，几个月之前，我还在大连电视台苦苦挣扎，现在能来到《东方时空》，除了感激涕零,没有别的词语能代表我的心情了。

改版之后,白岩松提议设立《时空调查》这个小板块,只有我一个人来做。每天针对一个热点话题进行公众调查(平台是网络),然后公布结果(根据支持率的多少做个饼状图或者柱状图),同时选取一些有代表性的公众意见,白岩松再发表一下个人见解。

这样,我就直接与白岩松对接工作了。

然而,我的"苦难日子"也开始了。

我的思路始终跟不上白岩松,我拟的《时空调查》话题很难得到他的认可。一般来讲,我提议的都是民生类热点话题,可是白岩松定下来的基本都是国内国际大事件。可见,长期在地方台工作的我,新闻格局与高度都赶不上白岩松。

白岩松多次批评我的新闻思维"文艺性太强",不够新闻。有一次他严厉地对我说:"薛宝海,这是我第五次跟你说了,你的思维有严重问题!"

我怯生生地说:"是第六次了。"

白岩松愣了一下:"是第六次吗?"

旁边有位同事扑哧一声笑了,他觉得我在重压之下,还敢与领导打哈哈,真是心大。其实我也是无奈,我总觉得他定的那些选题,过于宏观,大部分观众根本没兴趣看,而且这些选题也不会有多少收视率。

现在回头来想,2004年《东方时空》改版,改到每天晚上《新闻联播》之前首播。这么黄金的时间段,白岩松要推重大选题,也有他的道理。而且他说我的思维"文艺性太强"也比较准确。

2004年9月1日,新版《东方时空》正式推出。过了几天,大家聚餐。

在里面的一桌,是领导座席,我们这些小干部坐在外面。

白岩松过来敬酒了,他直接对我说:"薛宝海,你听说过这样一句话吗?如果我白岩松对谁很严厉,那就是看上谁了。"

我连忙站起来,使劲点头:"听说过,听说过。"

"好的,把酒干了。"白岩松对我说。

在《时空调查》工作期间,我努力收集数据和网友的精彩发言,提供给白岩松。有一次是关于"北京国际马拉松邀请赛猝死两人"的新闻,我看到一位网友的评论是:"运动的目的,不是为了更好地活着吗?"我觉得很精彩,就把这句评论推荐给了白岩松。白岩松也觉得这句话说得非常好,就引用了这句话。

过了一段时间,我又被调到外采组。根据话题需要,每隔一两天,就有机会到外面做一个采访(都是在北京市内),我很喜欢这个工作。那段时间,我采访了很多专家,比如中国政法大学的马怀德教授,中国社科院的法学专家刘俊海等等。

有一次采访中国社科院的一位女性专家,她很惊讶地说:"你们采访还给钱啊?"

我说:"是啊。"

女专家说："以前采访我的各个电视台中，只有半岛电视台给钱。而且非常文明，进屋之前先穿上鞋套。但是，过了一段时间，半岛电视台也不给钱了。应该是被中国同行同化了。"

感谢水均益

做外采记者期间，令我印象最深的人是水均益。尽管他不是我的采访对象，但是他给我的帮助，让我永生难忘。

那一次做"东南亚海啸"选题，我要电话采访央视驻印度记者陶冶，可是我四处都找不到他的联系方式。有人告诉我："水均益可能有他的电话，因为他们都是国际组的。"

我很为难："我也不认识水均益。"

那位热心的同事说："宝海，你太不了解水哥了，他是个非常好的人，他一定会帮你的。你就直接给水哥打电话吧。"

没办法了，我硬着头皮，按照墙上贴的水均益的手机号码（那是《东方时空》工作人员联系电话表，表中有水均益的电话）联系了他。电话响了，话筒中传来压低嗓子的很小的声音："哪位？我在开会。"

我忙说："水哥，我是《时空连线》的薛宝海，我想要陶冶的手机号，您有吗？"

水均益："我没有。你找张郁，他有陶冶的手机号。你有张郁的电话吗？"

我说："没有。"

水均益:"你等会儿,我翻一下电话簿……你记一下,张郁,139×××××××,记住了吗?你说一遍。"

我重复了一遍这个手机号码,水均益放下了电话。

我感动极了。

水均益在开会,接电话已经是不方便了,他也不认识我,而且他并没有陶冶的电话,直接拒绝我也可以。但是他告诉了我找别人,又把另一个人的电话告诉我。告诉之后,又让我重复一遍,怕我记错。

是的,刚才那个人说得对,水哥是个好人!

在《东方时空》工作期间,我又听到了2003年水均益在伊拉克前线的"违规壮举",这件事,让大家非常佩服水均益。

据说在2003年伊拉克战争期间,水均益到伊拉克首都巴格达做新闻报道,那时美军正准备进攻伊拉克。没过几天,水均益受命到约旦做报道。那时正是美军要发起总攻的前一天。然而就在几天后,水均益与国内亲友联系时,听到了一个惊人的消息:国内网站上很多网友指责水均益怕死,居然在美军总攻之前躲到了约旦,而凤凰卫视的战地记者间丘露薇却还在巴格达。

水均益蒙了,到约旦采访是台里的任务啊,他那时候也提出留在巴格达,可是没有得到允许。他冷静想了一想,然后开始联系国内,希望回到巴格达。然而台里不批准,指示他继续在约旦做报道。

水均益放下电话后,对一直陪着他的摄像师说:"我要回巴格达,我不可能接受'水均益是怕死鬼'这样的说法。你留下来,你的家里也需要你,而我也会摄像,你放心……"

摄像师打断了他:"我跟你一起回巴格达!"

然后水均益和这位摄像师,又带上负责转播的技术人员,三人都关掉了各自的手机,连夜赶回了巴格达。

到了巴格达,美军的总攻已经进行了多日,炮火连天。水均益在战场废墟里做了新闻报道,自己出镜。

这一夜,央视疯了一样地在找他们,都以为他们失踪了。

水均益开机之后,马上与国内台里的同事联系。当新闻中心的李挺主任听说后,大声说:"牛!精英啊。"

李挺主任在请示赵化勇台长后,安排的第一件事,就是在央视电视屏幕上打了一行字幕:"中央电视台水均益等三位记者已经返回巴格达!"

这是值得水均益自豪一生的事情,尽管这是一次违规行动,而且水均益按照领导的要求,两天以后,又撤回到约旦。但是水均益的勇敢,赢得了大家的尊重。因为国内的观众,已经看到了他在巴格达炮火中的新闻报道,证明了他不是一个怕死鬼。

非常遗憾的是,在《东方时空》工作一年多,我只见过水均益一面,只有几秒钟。那是我有一次在南院食堂吃饭,看见有一位穿着大衣、个子不高的人进来后,没有去端盘子吃饭,而是只从前台拿了一根香蕉,然后就穿过食堂,从后门走了。

他就是水均益。

"爱忘词"的程前

2007年大年初二的凌晨四点，我被手机接收短信的提示音吵醒，我拿起手机一看："在新春佳节之际，程前给您拜年了！"我苦笑着摇了摇头，怎么在这个时刻发拜年短信呢，唉。

不过春节那天，我也给程前发了拜年短信，尽管我们认识才一个多月。这条短信的内容是：新年快乐，希望还能有机会跟您合作，认识您，是我去年最开心的事情。

这的确是我的心里话。然而这句心里话却一直遭到了节目组很多人一致的非议，因为在这次短暂的合作中，几乎只有我坚定地站在程前的立场上。这一段时间里，我在栏目组说过最多的一句话就是："我认识的程前，和你们认识的程前不是同一个人。"

2006年12月中旬，我临时加盟了北京电视台的新节目《动感秀场》，做一组的主编（两个月后就被迫离职）。这是一个仿照美国《一锤子买卖》制作的大型日播类游戏节目。不过我来的时候，样片已经做完了。然而我却听到了整个栏目组对程前的质疑声：录了8小时、脾气大、架子大、不好沟通、记不住词。

在栏目组，从上到下，几乎没有一个人肯定程前。由于有太多人对我说这些话，因此我也就相信了这个结论（在这之前我没见过程前）。然而，随后第一次跟程前开展的合作，却让我看到了与这些说法不一样的程前。

那是在 12 月底的一天，北京电视台举办频道广告推介会，是在红人体育馆举办的。活动的主要内容就是北京八套的这些新栏目要第一次亮相，尤其是这些主持人。制片人董宁把《动感秀场》的"亮相"安排交给了我。虽然《动感秀场》的节目样态很新颖，但规则有些复杂（现场有 26 个箱子，每个箱子内装有不同分值的物品，选手要争取得到最大分值）。因此我决定把节目规则简化，做一期"5 分钟的《动感秀场》"。也就是争取在 5 分钟之内，让现场嘉宾明白这个游戏的规则。当然，频道也只给了 5 分钟时间。

那天下午，在活动召开前半小时，程前来了。

他戴着大墨镜，明星派头十足。奇怪的是，我对"耍酷"的人并无偏见，我觉得只要讲道理，什么性格都无所谓。我上去和他交流，他根本不看文稿，随手交给了助理，直接到台上走位。并且让我模仿一位选手跟他对话，就这么对了几分钟的流程，他也只简单顺了一下开场白，然后就去化妆间了。

我回到座位上发呆：他如果真的记不住词可怎么办？

这时有人提醒我，还是去和程前对对词吧，真要卡壳了，多丢人啊。

我来到了化妆间。

这时我看到了意外的场面，程前在自己化妆——他大概是我见过的主持人中第一位自己化妆的。有人告诉我他是不信任一般的化妆师。

我小心谨慎地跟他说话，听他发关于样片录制的牢骚。他说的是："节目不要一上来就哭哭啼啼，煽情的故事点要往后放。一开始就哭，

我接下来怎么主持啊？故事要自然地讲述。"（由于这个节目有些博彩性质，因此就强化了选手的故事）

我很惊讶，这还用说吗？当然要这样，于是马上表示支持。

他又说："我也不一定按照你们事前策划的结构走，会根据场上的情况随时做出调整。"

难道这也用说吗？娱乐节目不就应该这样做吗？

就这样，你一言，我一语，我和他越聊越投机，而且对节目的见解几乎完全一致。我也没提再让他熟悉一下开场白的事情——我觉得，说这句话就等于不信任他。而从刚才的交流中，我感觉他是一个值得信任的优秀的主持人。

广告推介会开场了，第一个亮相的就是《动感秀场》。程前在伴舞演员烘托的热烈氛围中潇洒出场，他的开场白落落大方，而且讲了足有3分多钟，一句话也没有卡壳——当然，很多话并不是出自我写给他的稿子。我明显感觉有些是他即兴的，但是只要意思没有偏差，换种说法又如何？如果从"背稿"的角度看，程前今天又是没有记住词，然而从最后呈现的效果看，他说的甚至比我写的还要精彩，这不是意外惊喜吗？

接下来开始玩小游戏，程前也主持得收放自如。整个活动比预想的长了一倍，然而现场的众多广告商却余兴未尽。制片人董宁对程前今天的表现有些惊诧，说了一句："程前有些兴奋过头了。"

据一位编导后来告诉我，程前离开时说了一句："我喜欢你们那位新主编，懂节目，而且简单明了。"

第3章／初心：重返央视

2007年1月11日,《动感秀场》正式开始录制了,要一连三天录制12场(共涉及16位选手,因为是日播节目,所以有几期是由两个内容不够丰满的选手竞技段落组成一期)。在第一场的开头部分,程前录了8遍,其中有很多次是由于程前说错了一两个词,因此重来,但也有出于技术原因导致重来的时候。但是程前一直表示"对不起,我重来",根本没有大发脾气的行为。

难道程前真的老了,记不住大段的开场白?但是我忽然发现了真正的原因——这么几分钟的开场白,真的有必要都在开头说吗?能不能用后期字幕来弥补?或者能不能在以后的环节说?一个娱乐节目,主持人说了大段的节目规则和播出时间等等,观众有兴趣看吗?

于是我在换道具歇场时告诉程前:"今后开场多讲笑话,少讲这些节目规则。"他明白了我的用意,笑了一下。

一个能立刻背下来十分钟台词内容的主持人,就是一线的主持人了吗?比记词更重要的是临场应变啊,这才是优秀的娱乐节目主持人的基本功啊。

我请的第一期选手是北大毕业的阿忆,主要原因在于阿忆也是主持人,他会"带一带"程前。毕竟是第一期正式录制,由于规则过于复杂,我希望程前逐渐进入状态,并且尽快熟悉规则,因此得有人配合他。当然,还有一个原因,阿忆告诉我,他也挺喜欢程前的,这让我很惊喜。

在这次录制中,我和程前的配合非常默契。

比如在一次插播广告的时候——根据安排,主持人应该在游戏第二轮结束时说"进广告"。程前忽然问我："可不可以随时根据场上的紧张局面上广告？"我马上说："当然可以，你不说上广告都可以，有些综艺节目都是后期切入广告的，现场的进程非常流畅！"接下来的录制中，程前发挥自如，总是在局面最紧张的时候进广告，节奏的把握非常令人佩服。这足以证明程前是一个临场应变能力很强的主持人。

而且就是在插播广告方面，程前也做出了令人赞叹的举动。在现场，程前每次都慢慢地说："对不起，观众朋友，这个时候我们要插播一段广告，一会儿见！"其实这句话我是不愿意让他说的，我担心观众会换台，但我没有要求他必须改变，因为他习惯这样说了，要改变是需要时间的。更重要的是，很少有人能理解他为何要说这一大段，而不是直接说"广告之后见"。

这一大段话到底是说给谁听的呢？

他是说给现场的工作人员听的，了不起的程前，一个尊重工作人员的程前，一个懂节目配合的程前。

插播广告的时候，现场的灯光、特效、音效、摇臂、导播等各部门会执行一套固定的程序，这些程序都需要一定的提前准备的时间。所以程前每次都慢慢地说"对不起，观众朋友，这个时候我们要插播一段广告，一会儿见！"这几秒钟，就是为了给各环节的工作人员留出准备的时间。

回头想一想，这次录制，每次插播广告的时候，现场都是灯火通明，摇臂顺利拉开，看起来很像即兴上广告。但各工种配合熟练，这都要感谢程前特意留出的那几秒钟。

第 3 章 ／初心：重返央视

与此同时，程前的幽默感也会越来越多地呈现出来。比如他和一个选手交流时，问了几个问题后，他突然说："最后再问一个问题——为什么说我是老奸巨猾？"大家笑得不行了。因为这个选手在前面说程前看起来老奸巨猾。

客观来看，2006年的程前，不是当时最走红的娱乐节目主持人，比起李彬、刘仪伟、何炅等人，程前的影响力和现场效果要弱一些，他似乎已经过了黄金时期。但从现场仪式感来看，程前要好于他们三位。换句话说，如果一个节目很重视仪式感，那么程前会更合适一些。比如《正大综艺》《同一首歌》，程前的主持风格都很受欢迎。而北京八套的《动感秀场》正是仿照美国节目来制作的，那是一个比较强调仪式感的节目。它强调各个环节的流畅，强调客观公正，强调规则，这也是选择程前做主持人的原因。顺便说一下，为何李彬主持《第一次心动》的表现一般？就因为这也是一个强调仪式感的节目，还是直播，这都不是李彬的强项。

这次录制中，我唯一一次看到程前发脾气，就是在一个选手参与的那场节目结束后。程前一进化妆间，就气哼哼地对我说："举了8次（大字报，给主持人提词用的）！我知道上他爸爸的录像，都以为我老了、忘了，我认为这时不能上（录像），大家关心的是那100万元到底在不在他的箱子里，就剩下1元、2元、100万元这三个箱子了，多刺激啊，这时上什么亲友录像，这不找骂吗？等开完100万元的箱子再上不行吗？"

在这之前，我在化妆间听到场上的程前发脾气了："我知道节目的规则,但这时不能上录像!"我在想,如果那时候没人多次举牌子打断他,影响他的情绪,节目效果会不会更好?

程前对我说得最多的一句话就是:"要一气呵成,把这口气用到底。"

从第二天起,我就命令我那组的编导:"没有我的允许,任何人不许在节目录制中和程前说话,举牌打断他的主持。"

录制节目那几天,我和程前在一起的时间非常多,然而我在大部分时候没有说节目,而是聊天,说笑话。为的是让程前放松情绪,发挥出最佳状态。但是我一旦跟程前说节目,一定简洁明了地说解决方案,让他很快就了解,并且尊重他的意见。

有一次程前对我说:"这个节目组,就你最懂我。"

说一个我们两人配合默契的小例子。

《动感秀场》有一个小环节是现场观众答题,都是和概率有关的。答对之后,发一个观众奖。通常的做法就是节目录制后给观众发奖品,或者礼仪小姐给答对的观众送上奖品。而在录制前,当我忽然看见节目组准备的观众奖是几块手表后,灵机一动,对程前说:"你戴上一块手表,观众答对后,你让观众上台,然后直接从手上摘下手表发给他。"程前马上理解了,很认真地挑了一块好看的男表戴上了。

节目中就是这样,一位年轻男观众答对了题,程前冲他招手:"你上来,我给你奖品。"大家都很好奇。这位观众上来后,程前摘下了左手的手表(他自己的表戴在右手),递给了他。现场掌声一片,都觉得很有趣,很新颖。

第 3 章 / 初心:重返央视

我对编导们解释说："礼仪小姐送上的手表，就是100元的，程前从自己手上摘下来，给选手的，就值1000元了。有纪念意义了，而且这还创造了一个广告植入点。"

这场结束后，程前笑呵呵地跟我讲："你猜得奖的那个观众上来后跟我说什么了，他跟我说：'是你的表吗，你送给我？'我说：'你管得着吗！'然后他又说：'我要你右手的表行不行？'我说：'美得你！'"

当然，程前也有紧张甚至犯错的时候，有一期节目，选手是一个叫李蕾的阳光女孩，她曾患过鼻咽癌，但最终战胜病魔，康复了，她来参加节目是希望她最崇拜的于丹能为她的自传写序。我们节目组做了一个策划，让于丹在节目中突然上场，给李蕾一个惊喜。

现在我还记得一个细节，有天下午，我在栏目组给于丹发了短信，可是直到下班也没收到回复。2005年夏季我曾和于丹一起开过央视《梦想中国》的策划会，不过那时候她还不太出名。而2006年底的于丹，已经有很高的知名度。

当我回到家，刚想躺在床上休息一下时，电话响了，是于丹："薛老师，我刚到巴西。你说的那个时间我不行，能不能换个时间，比如晚一天？"

我马上表态："没问题，于老师，就按照您说的那个时间来录像，我去协调其他人员。"

于丹："那好，记住，一定要让我秘密出场，把这个悬念做足！"

按照约定时间，于丹悄悄地出现在了录制现场（她下车后直接去了一个秘密化妆间）。节目组也开会做了通知：任何人不许提于丹。

然而出现了意外。

就在录制开始前5分钟的时候，在化妆间，程前跟我和李蕾一块儿说节目程序，忽然他说道："第五轮于丹上场——"这时李蕾的妈妈惊讶地问我："于丹能来吗？"我很冷静："联系了，来不了。"而且李蕾此时没有表现出任何惊讶的样子，我很佩服这个李蕾，经历过大灾大难，又见识过很多大场面，非常从容。

录制开始了。第一次换箱子歇场的时候，程前在门口抽烟，沮丧地对我说："我可真浑，我怎么把于丹给说出去了！"我笑着安慰他："没事，李蕾有演员的本事，你没看她刚才没有表情吗？就算咱们提前正式地告诉她于丹会来，她也会配合，放心吧，没事儿。"说完这话，程前的情绪好些了。

但是他还是紧张，就在于丹上场前的最后一次摆箱子的环节中，他招呼我过去，紧张地问我："这块儿怎么说来着？"我慢悠悠地说："李蕾，你那个出书的心愿，有什么特殊要求吗？"程前回去了。可是刚过两分钟，他又想对我说话，我忙过去，他问我："那句关键的话怎么说来着？"我仍然慢悠悠地说："李蕾，你那个出书的心愿，有什么特殊要求吗？"这回程前才放心地回去了。

然后节目中就出现了程前的神来之笔，他问完那句"你那个出书的心愿，有什么特殊要求吗？"之后，李蕾满怀激情地说："我想请于丹老师作序，于丹老师说过要做一个勇敢的人，而勇敢的人，上帝会喜欢你，死神会惧怕你。这句话让我充满力量，让我活到了今天！"

第3章／初心：重返央视

这时，程前忽然拿起桌子上的道具电话："我拨一个号码——来了吗？真的来了吗？谢谢你接受我的邀请！"一放下电话，程前大声说："有请于丹教授！"

音乐声大起，全场喷火，全体观众起立欢呼，于丹款款地走上台去。李蕾全家冲出来和于丹拥抱在一起，这时候，程前露出了幸福的微笑，而我更是激动万分。

我唯一一次"批评"程前，是在2007年1月底第二次录像的时候。在录像间歇，程前和我们的美女制片人董宁发生了争执。董宁强调"渲染心愿和故事点"，由于多说了几句，程前不高兴了："我哪儿不强调故事点了？你举个例子？哪一期？"我忙"劝架"，当然主要是"压程前"。程前还对我使眼色，暗示不要紧。劝了一会儿，两人不说话了，我忙去准备下一场。半小时后，我回到场中，程前已经在主持节目了。可是当我回到主持人化妆间时，却发现了令我惊讶的一幕：董宁眼圈红红的。显然是刚才我出去的间隙，程前又和她拌嘴了，把她气哭了。

我忙安慰董宁，她很快冷静了："程前有些话也有道理。"我劝她"起驾回宫"，别盯着了。

在下一场录制中歇场的时候（又是我们组的选手在录制），我低声埋怨了程前一句："董宁哭了，你做哥哥的，哪能这样？"程前看了我一眼，没吭声。

这是我唯一一次"批评"程前。

等到当天的节目都录制完,已经是半夜了,偌大的演播室里只剩下我和程前以及他的助理。程前对我说了一段肺腑之言,这段话让我铭记了很长时间,他说:"从录样片至今,一句肯定的话没说过,都是问题,让我这样,让我那样,真的有那么多问题吗?真的都是我的问题吗?你可以让别人来主持啊,你试试看什么效果!你们的一位大领导还跟我说'程前,这是给你的一次机会',谁给谁机会?每次半夜录完像之后,辛苦了一天,(董宁)从没有来看看我,问候问候——就像你现在这样,我是什么心情?"

我无语。

过了一会儿我说:"明天的选手不是我这组的,所以我请假了,不来了。"没想到程前和他的助理同时用戏谑的口吻说:"那不录了,薛老师不来,不录了。"

就这样,我们说笑着走出了演播室。

第二天虽然我没去,但是一直担心程前再和董宁闹别扭。于是我就给我这组的一位编导发短信,询问情况。回复说:"一切正常,而且程前表现得更好了,选手们都非常喜欢他。"我放心了。

更有意思的是,过了几天,我见到董宁的时候问她:"那天我没在场,程前没惹你生气吧?"

董宁笑着说:"那天他表现得可好了——你是跟他说了什么吗?他一直在哄我开心,就像哥哥对妹妹那样!"

第 4 章

幕后

追忆红楼梦中人

普通的女人爱美，杰出的女性爱的是完美。

普通女性往往不会高估自己各方面的才能，然而在某些领域达到辉煌的女性，却会犯一些常人难以理解的错误，或许因为她们在用另一种方式追求完美。

本章节的主人公陈晓旭就是这样的，她饰演的1987年版《红楼梦》中的林黛玉是完美的，她后来从事广告行业，也是极其成功的，而在智商与情商方面，她又是绝顶聪明，几乎能看透一切人和事，另外在做人方面，她也是口碑极佳。在这样一个完美的人设下，她可能产生了一种错觉，那就是觉得自己对任何事物的判断都是正确的，自己也有能力达到所有方面的完美。

令人难过的是，陈晓旭对自身疾病的判断与治疗出现了失误，她得了乳腺癌之后，拒绝治疗，靠意念抵御疾病，导致她一再延误治疗时机，最后付出了生命的代价。

同样难以理解的是，1983年版《射雕英雄传》中黄蓉的扮演者翁美玲，也是在情感打击下，一念之间，放弃了自己的生命。

或许有人会说，有了病，去医院接受正规治疗不就可以了吗？与男朋友吵架，或者男朋友出轨，离开他，再找一个不就可以了吗？翁美玲那么优秀，什么样的男人找不到？

这就是常人的思维，他们都不会理解陈晓旭和翁美玲，不会理解她们对完美的执着。

还有梅艳芳，她在去世前连续开了多场演唱会，耗尽了心血。有人说，尽管她得了绝症，但是如果正常治疗，不开演唱会，她至少可以再活半年——然而，梅艳芳要的是完美谢幕。

这就是某些杰出女性的思维，她们愿意用自己的方式去生活，去追求一种完美。

还有一位杰出女性，因为无法接受自己不再完美，患上了抑郁症，纠结焦虑到最后，进了疯人院，她叫费雯·丽。

据说，她一直认为自己就是斯嘉丽。

紧急制作特别节目

2007年5月13日，1987年版电视连续剧《红楼梦》中林黛玉的扮演者陈晓旭在深圳去世。当时我刚刚到北京电视台文艺频道的《娱乐开讲》做策划。这个栏目准备策划一档悼念陈晓旭的特别节目，导演们四处联系相关嘉宾，准备几天后就录制这期节目，尽快播出。那样时效性会比较强，收视率会很好。

这期特别节目由两位女导演联合担纲指导，她们在电话中已经与很多嘉宾进行了交流，而且获得了一些很好的故事，当然，都是与陈晓旭有关的。当时联系到并且确认能来录制的嘉宾有邓婕（王熙凤的扮演者）、沈琳（平儿的扮演者）、袁枚（袭人的扮演者）、胡泽红（惜春的扮演者）、金莉莉（迎春的扮演者）、沙玉华（刘姥姥的扮演者），以及编剧周岭。很快又传来张莉（薛宝钗的扮演者）可以参加节目的好消息，因为张莉身在加拿大，之前有其他节目邀请她参加，她也只是发来了录制好的视频。这次属于张莉首次在国内媒体出镜。

《娱乐开讲》的制片人是清华大学尹鸿教授的学生、才女赵楠，副制片人是简凡，她们让我来指挥、制作这期节目。

然而，就在录制当天的中午时分，传来一个意外的消息，邓婕不能来了，因为她患了重感冒，在医院打点滴。可邓婕是目前最大的腕儿啊，她若不来，收视率会有很大影响。

中午大家商量了一下，还是想再争取争取邓婕，因为重感冒不是很严重的病。于是我告诉了女导演儿句话，让她按照我说的，再给邓婕打电话。

电话通了，女导演自报家门。邓婕说："抱歉啊，我在医院呢，不能去录像了。"

女导演："没关系邓老师，我们领导说还是要感谢您。这样，您现在在哪个医院呢，我们领导准备了一些礼物，大家要去看望您。"

邓婕："不用了，不用了，你们不用来。"

女导演："没事，领导说了一定要去看望您，您在哪个医院？"

邓婕："哎呀，我都说了不用了——"

女导演很坚决："我们现在就过去，您在哪个医院？"

邓婕很无奈地说："好了，好了，晚上我去北京台。"

显然，邓婕知道导演执意去医院看望她的目的也是争取让她来录节目，既然躲不掉，只好答应了。

放下电话，大家都笑了。我这个"没皮没脸"的主意，有些不近人情，可是没办法，我要为自己的工作负责。

一位女导演对我说："薛老师，您给这期悼念陈晓旭的特别节目起个名字吧？"

我凭第一直觉想到了林黛玉《葬花吟》中的"花谢花飞花满天"，同时，经过我们的了解，陈晓旭是一位多情多义并且乐善好施的人，她经常低调地前往鞍山敬老院捐款。于是我说："就叫'花谢花飞情满天'吧。"既包含了林黛玉的元素，也突出了陈晓旭的"情义"。

晚上录制之前，我还是有些担心。担心年轻的主持人向真难以驾驭这么多红楼人物。

于是我找到了编剧周岭："周老师，今天的节目您是嘉宾主持——"

周岭与我有一面之缘，在此之前北京台筹办"红楼梦中人"选秀活动时，我和周岭一起开过策划会。

听了我的话，周岭有些摸不着头脑。我只好直说："是这样，《红楼梦》的内容和人物关系都很复杂，我担心主持人控制不了局面。所以我希望您能经常代替主持人主动发言,不要让场面冷了。另外,无论姐妹们讲什么故事,您都给个总结,从《红楼梦》艺术创作的角度总结。"

我们的策划案已经很详尽,然而我担心缺少质感,更担心缺少文化品位。

周岭答应了。

等我到了化妆间,我首先看到了正在化妆的邓婕,旁边站着"平儿"的扮演者沈琳——1987年,电视剧《红楼梦》播出的时候,我最喜欢的就是剧中的平儿(那一年我16岁),我甚至去哈尔滨南岗邮局买了一张平儿的明信片。我喜欢平儿的主要原因就是觉得她"善解人意"。然而这次看到的平儿,展现的却不是"善解人意"的一面,而是作为平儿的第一身份——王熙凤丫鬟的那一面。

生活中的她们

这次录像让我收获了一个心得,电视剧《红楼梦》中的人物性格与人物关系,搬到生活中也照常存在。比如沈琳,她与邓婕在生活中说话的口气,几乎和电视剧中的一模一样。

邓婕化完妆之后,慢悠悠地第一个往演播室走去(她很熟悉位于苏州桥的那个老北京台,但是显然状态不好,脸色也不好,重感冒所致),沈琳和张莉也跟着到了演播室。看见摄像没到位,主持人也没来,邓婕很不高兴地说了一句:"什么时候录啊?不是说好了八点

第4章 /幕后:追忆逝去的美好

录吗？"

此时已经八点了。邓婕的情绪在我意料之中，毕竟她是被我们"连蒙带唬"给弄来的。

这时候，"平儿"补了一刀："是啊，老的都来了，小的什么时候来啊？"典型的"平儿"语态。

我知道她们是在生主持人的气——和邓婕相比，主持人向真年龄比较小，她刚刚从另一个活动现场赶来，正在化妆间补妆。

没想到的是，"薛宝钗"帮我们圆场了："她们马上就好了。"

这种善解人意的"个性"，正是薛宝钗的性格。

由于嘉宾人数比较多，我就安排大家分两轮上场，"薛宝钗""王熙凤""平儿""袭人"这些主要角色先上场，编剧周岭与主持人向真坐在中间。"刘姥姥""迎春""惜春"第二轮上场，这样保证话题集中，镜头也方便捕捉。

至于话题走向，我设计了每位嘉宾讲述"对陈晓旭的第一印象""对手戏"这两项内容。前者便于回忆，后者有画面资料支持——现场会播放《红楼梦》中各位嘉宾与陈晓旭的"对手戏"，大家就可以根据画面来回忆。

比如邓婕与陈晓旭的第一场对手戏：林黛玉初见王熙凤。邓婕说，几个有演戏经验的演员懂得设计一些动作。晓旭她们没有经验，只能是凭借本能演戏。陈晓旭还在私下里说，邓婕有心眼。

邓婕说完，自己就笑了。

从大家的讲述中可以看出，在生活中，邓婕与陈晓旭私下关系比较好。比如周岭说到"陈晓旭刚来北京的时候，我去过那个筒子楼看她"，邓婕马上说："你才去过那个筒子楼啊，她刚来，先住的是个平房，我都去过。有一次我烙了几张肉饼，去那个平房看晓旭，那天是我第一次见到郝彤（陈晓旭丈夫，当时为其男友），我就笑着跟晓旭说，小帅哥啊，结果陈晓旭拦住我，比量一个不让我继续说的手势。"

邓婕说到这里，会心地笑了。看来陈晓旭不想让别人夸男朋友，怕他骄傲。

在我看来，扮演凤辣子王熙凤的邓婕，在生活中却是一个贤妻良母。

而生活中的陈晓旭，却比较接近"王熙凤"，她后来开了公司，自己做老板，而且很成功。

通过大家的讲解，生活中陈晓旭的性格慢慢地被勾勒出来——原来她与林黛玉完全不一样，是个很有主见、很有领导才能的人，而且喜欢吃肥肉（却不胖），商演时可以在台上唱"劲歌"，完全不是林黛玉弱不禁风的样子。

与此同时，周岭的作用体现出来了。比如"袭人"讲到欧阳奋强经常在生活中与姐妹们打闹时，周岭主动解释说："这是王扶林导演安排的，王导告诉欧阳奋强，宝玉有种精致的淘气，鼓励他在生活中与姐妹们打闹，便于接近人物性格。"

胡泽红（惜春的扮演者）在节目中也表达了对陈晓旭的"不满"，她说："前两年我还对陈晓旭说，你看人家姬玉（妙玉的扮演者）还经

第 4 章 ／幕后：追忆逝去的美好

常给我发个短信,你都不联系我。"陈晓旭说:"胡泽红你别说了,我心里有你就行了。"

结果当胡泽红去陈晓旭家里做客时,陈晓旭对郝彤说:"你去别的地方睡吧,今天我要跟胡泽红睡一张床。"

周岭表现最精彩的地方要数提及"同寝室姐妹常吵架"那一段。当时,胡泽红讲述她和陈晓旭住同一寝室好几年,吵吵闹闹(看胡泽红那种伶牙俐齿的状态,活脱脱一个"自私刻薄"的惜春)。周岭说:"当年创作时,写到家庭败落后,史湘云与贾宝玉重逢,讲述自己与林黛玉姐妹俩对诗,'寒塘渡鹤影,冷月葬花魂',然后史湘云说,林妹妹不在了,如今,想找个吵架的人都找不到了。你看她们小姐妹当年一个寝室,今天吵,明天和好,如今,想找个吵架的人……"

话到此时,周岭哽咽了,大家情绪也都低落了,有人在落泪。

节目中比较出人意料的内容,是姐妹们回忆"陈晓旭当年是否说过要找个什么样的男朋友"。"惜春"矢口否认,她说:"我跟晓旭同寝室很长时间,从来没听她说过要找个什么样的男朋友。"

可是"薛宝钗"却说:"晓旭跟我说过,就在拍戏的时候。晓旭说,将来要找一个个子高高的、很有文采的,就像周岭老师那样的男友。"

镜头马上给了周岭特写,他显得有些尴尬,因为在生活中,他和陈晓旭是非常要好的朋友。

其实也很正常,在陈晓旭眼里,胡泽红就是一个不懂事的小妹妹,找男友这种大事,怎么可能跟她说?但是张莉就不一样了,性格很成熟,值得陈晓旭吐露心扉。

比较各位嘉宾的表现，我对两个人的印象很好，一个是"刘姥姥"，另一个就是"薛宝钗"。

"刘姥姥"的扮演者是老艺术家沙玉华，她让我敬佩的有两点，一是"从艺术角度分析陈晓旭"，说得很到位——比如谈到她的形象，很符合小说中的"林黛玉"。另外，最难能可贵的，就是她大胆表达了对陈晓旭"不治病而去世"的痛惜之情。

集体追忆的时刻

据几位嘉宾在私底下说，陈晓旭患了乳腺癌之后，在一位佛教大师的引导下，拒绝治疗，导致病情加重，最后遗憾离世。在这件事情上，陈晓旭显得有些固执，尤其是在红楼众姐妹纷纷劝说的情况下，她依然不肯接受治疗（意味深长的是，林黛玉和陈晓旭的早逝，都与其自身性格有关）。由于这部分内容牵扯到宗教，节目中不能细说，然而"刘姥姥"找到了她的表达方式，她说："我今天来节目之前，还拿出了陈晓旭的一张大照片来看，我在想，晓旭啊，你说你形象多好啊，你想接着演戏也行，你说你干点别的也行，你是什么时候得病的呢？你要是不舒服，怎么不跟姥姥说一声呢？晓旭，姥姥就想问你一句，你为什么不看病啊？"

说到这里，现场的各位嘉宾已经泣不成声。

而"薛宝钗"的表现，则让导演组敬佩不已，因为她非常诚恳，有什么事情，就是直接表达，而且情真意切，完全就是一个体贴周到的薛宝钗。

张莉回忆说:"拍完《红楼梦》之后,我回到了深圳。过了一段时间,陈晓旭突然来到深圳,给了我一个惊喜。逛街的时候,我看上了一条裙子,可是价格太高了,我没舍得买。第二天,陈晓旭居然自己去买了这条裙子送给我,让我非常感动。"

从这个细节能看出,陈晓旭是个有心人,而且对朋友非常好。

陈晓旭刚生病的时候,张莉从加拿大飞回来看她。陈晓旭说:"谢谢你来看我。"张莉大声说:"你说什么啊,咱们姐妹这么好,我来看你不是应该的吗。"张莉并不知道,此时陈晓旭的病情已经很严重了,当然,陈晓旭没有对任何人说起过。

在节目现场,我们播放了薛宝钗搂着林黛玉的一场戏。张莉说:"首先,我们根本就不知道怎么演戏,不知道怎么设计动作和表情,完全是凭着本能去演。在生活中,晓旭比我大一个月,可是在这场戏里,我真的觉得我就是她的姐姐。"

在此之前的几天,网上传说陈晓旭去世了。张莉急忙拨打陈晓旭的电话,关机。然后张莉急急忙忙地飞回来,等到了北京,深圳传来消息,陈晓旭的追悼会已经结束了。

录到一多半的时候,邓婕申请下场休息,看她脸色煞白,实在支持不住了,我们也很心疼,让她到台下休息了一会儿。

从全场来看,我感觉邓婕很善良,虽然是大明星,但是语言表达合情合理,很配合。

扮演贾宝玉的欧阳奋强在山东拍戏，只能和我们现场连线。

在节目接近尾声的时候，我们连线了欧阳奋强，对谈的内容是他对陈晓旭的印象。欧阳奋强说了"晓旭做人很好，对朋友非常好"等等，略谈了几句。

连线如何结尾呢？提前没有设计，现场只好停了。

我想了一会儿，安排主持人向真让"袭人"问候"贾宝玉"的健康状况。因为今天的主题是"陈晓旭因病去世"，健康就是个关键词。让我们意外的是，在电话连线的最后，"贾宝玉"跟"袭人"开了一个玩笑："（袁枚）你也注意身体啊——你说我有白头发了，那你就管我叫叔叔吧。"

显然欧阳奋强与袁枚的私人关系，要超过与陈晓旭的私人关系。

不过，这句话没有播出，因为和整期的气氛不搭。

这期特别节目播出后，收视率达到4%以上，甚至超过了在同一时间段播出的北京卫视"红楼梦中人"选秀活动。后来，这个节目也多次重播，广受好评。

在那段时间，《娱乐开讲》也做了"悼念文兴宇""悼念侯耀文"等几个特别节目，然而影响力最大的就是这期《花谢花飞情满天》。看来，经典的魅力真是了不得。

最后再补充一个花絮。录像之后，由于我对张莉的印象非常好，于是就主动跟她交换电话，当她问我名字时，我慢悠悠地说："我叫薛宝海。"

张莉吓了一跳，因为她饰演的是薛宝钗。

第 4 章 ／幕后：追忆逝去的美好

第 5 章

使命

与凤凰卫视携手

在男人眼中，完美的女性到底是什么样的？

民国时期，林徽因几乎是完美女性的代表，因为人人喜欢且赞美她，据说徐志摩的《再别康桥》就是送给她的。现在更多人知道的是，林徽因并不是传统意义上的温婉淑女，恰恰是快人快语，聪明伶俐，很爽朗，而几乎每一个与她有过交流的人，都很喜欢她。

或许在民国年间，绝大多数女性都是贤惠的家庭妇女，知识女性本来就少，而聪明美丽的更少吧。

在我看来，凤凰卫视的许戈辉就是当代林徽因，因为每一个与她打交道的人，都会喜欢她。许戈辉的情商极高，她会让每一个人都心情愉快，而她做这些又是自然而然的。

说到底，女人的完美，就是既有自己的原则，又充分考虑别人的感受。许戈辉在工作的关键方面，毫不退缩。有一次做"奥运女火炬手"的选题，许戈辉在选题会上说："如果请不来金晶，我宁愿不做这期节目，因为她才是目前最重要的女火炬手。"

最后节目做成了，同时还请来了李宇春。

许戈辉做人很周到，到了什么程度呢？

有一次我拟好宣传片的词后，发给她（她只审宣传片的词，因为宣传片会在凤凰卫视滚动播出，影响较大），她建议我改几个字，理由是1990年负责北京亚运会的领导们还在，他们看到后会不高兴。

可当时是 2008 年，已经过去了 18 年，那些老领导们早就退居二线，甚至不在了，而许戈辉仍然会考虑他们的感受。

不辜负你的信任

2007 年 12 月下旬的一天，许戈辉约我在北京东边的一家饭店见面，这也是我第一次见到她。

之前我在凤凰卫视看过许戈辉主持的《名人面对面》，喜欢她的高贵、美丽与优雅。

许戈辉说："宝海，我现在在中文台有一档体育谈话节目《携手 2008》，准备迎接北京奥运会，但是做得不顺手，收视率和影响力都不理想。前一段时间，我跟两位朋友说过要请一位节目策划——是节目策划，不是编导，我一再跟他们强调。我想请人帮我把握选题和节目方向，因为我们现在很迷茫，不知道下一步，节目应该如何改进。"

我静静地听她说，许戈辉的语言表达非常简练和准确，而且眼神中充满了魅力。

"结果没想到的是，这两个朋友，给我推荐的居然都是你！太巧了！"许戈辉笑得非常迷人。

她找的两个朋友，一位是北大的阿忆，我的恩师与贵人，给我提供了很多工作机会。另一位是北京台《天天影视圈》的制片人王曦，曦姐是我的上一任领导,她的工作有变动,我当时也随她离开了《天天影视圈》。

我问许戈辉:"对这档节目,你个人有何诉求?"

她说:"其实我就想从个人角度,对北京奥运做一些贡献,这就是我的个人目的。"

出于习惯,我还问了她的血型与星座,她是 O 型血,射手座,和我比较默契。

在我看来,弄清楚合作者(尤其是领导)的血型与星座,就是为了高效地沟通。

《携手 2008》每周播出一期,属于体育类谈话节目,在凤凰卫视中文台每周五的晚上 9:15 播出,这是个比较好的时间段,节目的时长大约是 45 分钟(含广告)。

在内地电视台,说"大约"可能会被人笑话,时长为什么没有准确数字?尤其是在央视,节目时长会精确到秒,45 分钟的节目,在送播的时候,应该是 45 分 00 秒,不能多,也不能少。

然而到了凤凰卫视,却不是这样了。

《携手 2008》的每期节目在北京制作完成后,传到中国香港插播广告,然而发过去的纯内容部分(大约 34 分钟,具体时长记不清了)从来没有一个准确的时长,有时多几秒,有时少十几秒,当我好奇地问后期编辑的时候,她却反问我:"为什么要精确到秒?多一点少一点,又怎么了?"

第 5 章 /使命:与凤凰卫视携手

可能这就是凤凰卫视的"自由"吧,我记得连中文台的报时,都经常是非整点报时——"现在是北京时间上午 8 点 45 分",我感觉很有趣,真是太"随意"了。

说起凤凰卫视的"自由",最极致的要数《锵锵三人行》的开放式结尾,三个人正说得热闹,忽然镜头拉开,上音乐,走字幕,节目结束了——就这么结束了?主持人也没说结束语,这在内地电视台都是难以想象的事情。可是,这样做,会让节目很自然,效果也很好。

更有趣的是,这个《携手 2008》节目,连栏目组的办公室都没有,每个月开一两次选题会,大部分选题会是在世纪坛下面的一个咖啡厅(世纪坛演播室就是《携手 2008》最常用的演播室)召开。栏目组的人员也很少,除了主持人许戈辉,还有一位主编陈曦大姐(负责联系嘉宾),另外由王竞瑶负责后期制作。编导有三四位,都是兼职,这就是主创人员。

好在我已经习惯于做低成本的节目,能够接受这样的"务实"操作。

在我进组之前,《携手 2008》已经播出了半年左右,在凤凰卫视中文台的收视率排名是 40 名左右,有时能到 30 多名。后来我才知道,当时《锵锵三人行》的收视排名也不高,也常常是 30 多名,排名比较高的有《军情观察室》《文涛拍案》等。

在第一次选题会上,我提出了三个选题,"运动员退役之后"(有一位女性全国冠军,退役之后找不到工作,又没有文化,只好去浴池做搓澡工)"张路说解说员""奥运足球"。许戈辉最害怕的就是足球选题,她自称是"球盲",但是我坚持做这三个选题(足球受众广,有收视率),许戈辉只好同意。

按照我对嘉宾的要求,陈曦也都找来了相对应的嘉宾。

节目录制得很顺利,"足球"这期的主嘉宾是李承鹏,他很健谈,而且由于是在凤凰卫视录制,他更放得开。

张路是最让我满意的嘉宾,他很会讲故事,"1985年的足球'5·19事件'是孙正平解说的,我是顾问。中国队1:2输给中国香港队之后,北京工体的全体球迷都蒙了,大家安静地退场,因为谁都不明白到底怎么了,就这么被淘汰了?我注意到孙正平在那里收拾稿子,等他一回头,我看见他眼泪出来了。"

这三期节目的收视排名分别是第16名("运动员退役之后"),第15名("奥运足球")和第14名("张路说解说员"),带给了许戈辉大大的惊喜,从那以后,许戈辉更加信任我,放手让我决策选题和节目的方向。

我认为收视率的高低与选题有很大关系,而且要考虑到不同平台,对选题的选取角度也不一样。比如在凤凰卫视,就可以做一些批评内地的选题,当然,要把握好尺度。凤凰卫视的观众,要的就是"海外视角""不同于内地电视台的思辨性见解"。

我也很感谢许戈辉的信任,而接下来发生的事情,更让我佩服许戈辉的管理理念。

2008年3月,时任凤凰卫视中文台执行台长的刘春,组织给《携手2008》栏目组开会,指导大家做节目。在会议最后,刘春对许戈辉说：" 既然你现在找来了薛宝海，那就应该让薛宝海做制片人，替你管理这个团队——戈辉，你不用瞪着大眼睛看我，因为你是名人，你根本没有时间管理团队。"

刘春走后，许戈辉留下了我，她说："宝海，春台的意见你也听到了。我也希望你来帮我管理这个团队，但是我不能给你制片人这个名头。因为陈曦比你年龄大，而且比你来得早，你做制片人，会让她很不舒服。所以我会给你实际管理的权力，比如节目的终审权在你这里，我也会让陈曦听你指挥，你看这样可以吗？"

我连连点头，赞许她的处理方式。

"智劫"最美火炬手金晶

接下来的 5 月份，《携手 2008》打了一场硬仗。

那个时候，凤凰卫视给《携手 2008》派了一个任务，要求栏目宣传一下世界小姐选美大赛冠军张梓琳，而她恰好也是北京奥运会火炬手。于是我拟定了一个选题，《奥运会女火炬手》(两期)，联系了很多嘉宾，然而最主要的嘉宾却一直没落实，那就是被称为"最美火炬手"的金晶，她是出生于上海的残奥会击剑运动员，因为在巴黎传递火炬的时候勇敢地保护火炬而闻名世界。

许戈辉在选题会上说："如果请不来金晶，我宁愿不做这期节目，因为她才是目前最重要的女火炬手。"

负责外联的陈曦告诉我，金晶目前太火了，根本联系不上她本人，而且要采访她的媒体有几十家，甚至境外的媒体也来找她。通过一个熟人算是递上了话，但是希望很小，因为她的日程都排满了。

最重要的是，我们确定录制的那一天，金晶在三亚，那里是奥运火炬进入中国的第一站，所以基本可以确定金晶不能来参加录制了。

而且金晶当时太忙了，很难抽出一个下午的时间来完成录制。

这期节目的导演是王竞瑶，一位"80后"美女，聪明、幽默、可爱。我刚到这个组时，第一次去后期机房审片子，就是她做后期。王竞瑶直接告诉我："薛老师，我做后期做够了，你能不能帮助我做编导，我想去前期。"

奥运女火炬手这期，是她第一次做《携手2008》的编导。

散会之后，王竞瑶悄悄告诉我："薛老师，我有个内部消息，明天上午，金晶在八大处录《鲁豫有约》，您想不想过去看看，试试能否当面约上她的时间？我可以开车去接您。"

我点头同意。

第二天上午，我和王竞瑶来到了《鲁豫有约》的录制现场。

令我印象深刻的内容，是鲁豫和金晶在探讨卸妆水，鲁豫说："卸妆水有两种，你知道吗？"金晶爽快地说："我还真不知道"。

我对金晶的印象很好，我判断她是个很爽快、很好交往的人。

录制结束，我提前来到了化妆间等着。鲁豫和金晶告别，金晶说

第5章／使命：与凤凰卫视携手

她马上要去北京饭店，中国残联有个活动正等着她。鲁豫准备安排车送她。

就在这时，我说话了："鲁豫姐，我是许戈辉《携手2008》栏目组的，要不然让我们来送金晶吧，正好沟通上我们栏目的事情。"

鲁豫说："让金晶定吧。"

我一脸平静地看着金晶。

金晶犹豫了一下说："我现在得马上去北京饭店。"

我说："好啊，我送你去，你们是几个人呢？"

金晶："我是自己一个人——好吧。"

就这样，王竞瑶开车，我坐副驾驶的位子，金晶一个人坐后面——她现在这么火，居然还是一个人独来独往。

我坐副驾驶的原因有两个，一是金晶随身带着她的拐杖，比较占空间。更重要的是，和一位初次见面的美女打交道，要保持一点距离，这样对方才有安全感。

在车上的时候，我很随意地和金晶拉家常，仿佛一位很熟的朋友，并没有一开始就说录制节目的事情。

我问她是什么星座，她回答天蝎座。

又多了一个沟通的话题。

我甚至故意批评她刚才的采访内容——对天蝎座，不必太恭维，说真话，反倒能拉近距离。

金晶心情很好，趴在王竞瑶的椅背上，跟我大声地聊天。

这时候，我发现王竞瑶似乎走错了路，车又绕了回来，我刚提醒她一句，王竞瑶用右手打了我一下，不让我说话。后来她告诉我，因为她太紧张了，所以开错了路（那时也没有导航），她怕金晶说出一句拒绝的话，那就前功尽弃了。

聊着聊着，金晶主动说："我知道你们栏目组邀请我了，可是那天我在三亚啊，回不来。"

我说："录像是在下午。"

金晶："那天的仪式在上午举行，可是中午从三亚飞回北京的航班只有一趟，好几百人都要回北京，因为中国的体育界大腕基本都在那儿呢，我没订上票。"

我弄明白了，是技术原因，不是主观原因。

我说："看来是差一张机票啊。"

金晶说："是啊，如果能有机票，我就可以去你们那儿了。"

我想了想，就给许戈辉打了电话，通报了目前的情况。许戈辉正在香港，她说："我知道了，我来想办法。"

过了几分钟，许戈辉回了电话："太好了，宝海，我刚才给南方航空的一位领导打电话，请他们帮忙。他爽快地答应了，他说，请金晶去北京录像，那是国家大事啊，南航得帮忙，他们有专门预留的座位，让金晶把身份证号码报给我吧。"

电话打到这时，我一回头，金晶说："要我身份证号是不是？我现在告诉你……"

金晶正歪着头看我呢，那个样子很可爱。

这时距离北京饭店已经很近了。

我一直把金晶送进大堂，直到交接给中残联来迎接她的人。

几天后，到了节目录制的那一天。

那天上午，我给金晶发了一个短信，问候她（其实就是套交情，侧面确认她能来录像）。她回复说："刚才我拄拐走得急，差点摔倒在一个游泳池里，你说万一我摔死了，是不是又会上一次头条？哈哈哈。"

金晶说话毫无顾忌，真不愧是天蝎座。

下午，我安排了一位男导演去首都机场接金晶，我嘱咐他："接到金晶后给我来个电话。万一在机场或者在途中，有哪个单位要把金晶接走，马上给我来电话。"

世纪坛演播室这边，我们按程序先录制前几个女性奥运会火炬手的内容，包括李宇春。

金晶来到了世纪坛，我非常开心，出来接她。因为世纪坛演播室是在地下，要往下走很长的台阶，于是我就说："我背你下来吧？"金晶说："不用，我自己走也很快。"

这个时候，我和金晶真的像是老朋友一般。

下台阶的时候，我还问她："那天从鲁豫那里接走你，你居然就跟我走了，也不怕我是骗子。"金晶笑呵呵地说："感觉你比较可靠吧。"

在准备节目的时候，男导演告诉我，还有两个单位的人也一起来了，准备录完像就把金晶接走，而且这两个单位的人在路上一直较劲，都准备第一时间接走金晶。

一家是中残联，另一家是中央电视台。

央视的人先找到我商量，态度很诚恳，又说出了几个我认识的人，毕竟我和央视的感情更深一些。

我和金晶商量了一下，这也是为了保证她的情绪不受影响，我要尽快解决这个问题。金晶表示跟谁走都无所谓，她让我安排。

于是我找来这两家单位的人进行协调，我对中残联的人说："因为中央电视台就在旁边，隔一条马路，而且就是一个很小的仪式（央视台长赵化勇要赠送给金晶一个新台模型），顶多半小时就能结束，一会儿录完像之后，不如先让央视接走，然后您也跟着去，半小时后肯定把人送出来，然后接下来金晶的时间都属于中残联了。"

中残联的人请示了自己的领导，同意了。

金晶告诉我，法国驻华大使也来看望她了。看来，她真成了国际名人了。

节目录制得很顺利，有一位演播室的技术人员说："你们很厉害啊，请来了目前最红的嘉宾。"

金晶一直在上海生活和工作，我和她也一直保持着联系，直到现在（本文的写作时间是2018年9月），每逢节日，我们还会用微信互相问候。

有一次做乒乓球内容的节目（一位前中国女乒国手唐娜，退役后加入韩国籍，刚刚击败了中国运动员，并且准备征战北京奥运，成绩非常好，在韩国排名第一），请来了两位好嘉宾，一位是梁宏达，另

第 5 章 ／使命：与凤凰卫视携手

一位是庄则栋。那个时候，梁宏达的名气还没有后来那么大，但是出众的才华，已经在媒体界广为人知。

我更感兴趣的是庄则栋，他是带着他的日本妻子一起来的，两位老人的感情很好，而且庄则栋很照顾老伴。

准备节目的时候，我问了庄老一个比较敏感的问题，关于让球获得单打世界冠军的事情。

没想到庄则栋回答得很爽快："我承认让球，可是当时为何领导决定让我当世界冠军？因为我有三个第一。首先，我的外战成绩第一；其次，国内比赛我成绩第一；第三，队内比赛，我也是第一。"

体育也疯狂

时间很快到了2008年的8月，北京奥运会开幕了，然而作为凤凰卫视主推的奥运季体育节目，《携手2008》却遇到了最大的危机：找不到合适的嘉宾了。

央视五套几乎包揽了所有重要嘉宾，无论《携手2008》做什么选题，都找不到相对应的重要嘉宾来参加，而对于谈话节目来说，嘉宾是第一要素。新晋奥运冠军那就更别想了，刚得冠军，就会被央视安排上一个个节目，另外，我们也进不去奥运村，而主要嘉宾基本都在那里。

这可麻烦了，做奥运节目的，却找不来重要的体育嘉宾。

8月中旬的一天下午，陈曦给我打电话，告诉我能来的嘉宾只有郑凤荣，她是20世纪50年代的女子跳高运动员，也是我国第一位打破世界纪录的女运动员。"可是现在也不能谈跳高啊，没什么话题热度啊。"我很苦恼。

"没别人了，能找到郑大姐就不错了，不要也得要。"陈曦气哼哼地说。

"别着急，这样，我想一想。"我开始琢磨怎么办才好。

"现在找个世界冠军真是太难了，都被友台请走了！"陈曦说。

"这样吧，你去问问郑大姐，她能不能谈一谈对刘翔退赛的看法？因为这件事是目前最大的新闻点，而郑大姐恰好也是田径运动员。"我终于理出了一个思路。

十分钟之后，陈曦兴奋地给我来电话。

"宝海，你知道吗？刚才郑凤荣郑大姐告诉我，真是太巧了，昨天刘翔退赛之后，回到奥运村，第一个见到的人就是郑凤荣！郑大姐还特意去房间安慰他呢，想必她会有自己的观点。那第二个人你要找谁？"

这句话表明了陈曦的专业。

一般情况下，谈当事人自己的事情，如果名气足够大，来一个人就足够。如果是谈话题，就得来两个人，那样才会形成多角度的讨论，内容才饱满。像"刘翔退赛"这个话题，刘翔肯定来不了，那就得找来两个嘉宾。

"我也不知道第二个人找谁，但是这个人要满足两个条件，第一，他要是奥运冠军。第二，他要和刘翔正好相反，最好是因伤获得奥运冠军。这样话题才有可看性，你去找吧。"我确定了话题嘉宾的寻找方向。

第 5 章　/使命：与凤凰卫视携手

傍晚的时候，陈曦来了电话。

"宝海，第二个人也有了，是张国政，雅典奥运会的男子举重冠军，当时他腰伤发作，坚持到底，夺得了宝贵的金牌。"

两天后，这期节目在北京凤凰会馆进行了录制（就是录制《锵锵三人行》的小演播室，因为赶时效，时间很急，所以没有带观众），很快就播出了。

《刘翔退赛》这一期的收视排名创造了《携手2008》自开播以来的最高纪录——全台第9名！

英雄与芭蕾女孩

北京奥运会结束之后，北京残奥会紧接着在国家体育场举办。在北京残奥会开幕式上，出现了惊险的一幕。

负责火炬传递的倒数第三棒的孙长亭跑进场之后，在准备点燃下一位盲人运动员平亚丽的火炬时，出现了意外，平亚丽的火炬迟迟没有点燃。

就在这时，孙长亭做出了一个大胆的举动，他把自己的火炬换给了平亚丽，引导平亚丽继续前进，保证了北京残奥会开幕式的顺利进行。

事后了解到，平亚丽火炬的开关没有打开，这绝对不是盲人运动员的责任，这是火炬护卫队的失职。因为每次在火炬交接之前，火炬护卫队人员会过来打开火炬开关，火炬往外喷气，这样才能点着，而开关的钥匙只有护卫队员才有。

孙长亭被誉为北京残奥会的"孤胆英雄",事实上,他也是中国人民解放军的战斗英雄,在老山前线曾立下战功。在老山前线,孙长亭是尖刀班的战士,同他一起冲锋的六位战友都牺牲了,但是他勇敢地冲到前面,炸毁了敌人的碉堡。然而他同时也踩上了地雷,失去了一条腿。退役之后,他又参加了亚特兰大残奥会,获得跳远冠军,如今是一位企业家。

在战场、运动场、商场上,他都是英雄。

因为孙长亭的传奇经历,《携手2008》也专门对他进行了访谈。这期节目成了我个人最喜欢的一期节目,截至2018年,我已经多次在讲课时播放了这期精彩、幽默且意味深长的节目。

在节目的结尾,许戈辉问他:"如果上帝真的存在,他能满足你一个愿望,你想要什么?"

孙长亭说:"我就想要我这条腿,什么英雄、冠军、奖章、奖金等等,都给你,只要给我这条腿,让我背煤球都可以。"

出于对这期节目的格外喜爱,我为它起了个与众不同的名字——"生活在别处"。这是米兰·昆德拉的一部小说的名字。

北京残奥会开幕式的最大亮点,是芭蕾女孩李月的演出。在3个多月前的四川地震中,李月的左腿被压在废墟中,救援人员必须在对她进行截肢后,才可以救出她。李月哭着喊:"叔叔不要锯掉我的腿,我还要跳舞。"这悲伤的一幕曾让无数人为之动容。

然而在北京残奥会的开幕式上，李月重新起舞，双手高举着红色的芭蕾舞鞋，她也被芭蕾王子吕萌高高举起，这个节目感动了全世界。而舞蹈的名字就叫"永不停跳的舞步"。

关于李月参加《携手2008》的故事，我在本书的另一章"难忘：北大执教"中进行了详尽的描述，这里只讲讲怎么邀请到李月的。

在北京残奥会上演出之后，李月成了大名人，各路媒体纷纷来采访她。那时候她也在好心人的帮助下，暂时在北京小学读书。我和编导王竞瑶见到她时，她的母亲表示，来访的媒体太多了，但是没有几家是真正关心她们母女生活的，而如今她们的生活其实很艰难。

在这种情况下，我没有追着让她们表态是否来参加节目，而是从点滴细节入手，关心她们母女。比如我找了工人，在李月家（临时租住的老房子）的卫生间里安装了一个扶手，因为李月只有一条腿，行动不方便。安完扶手之后，我试了一下，感觉距离不够，李月还是一个小孩，手臂没有那么长，于是我就在扶手上拴了一条毛巾，李月抓着毛巾就可以够得着了。

另外，我注意到她们母女不敢使用电梯。每次都是她母亲先把轮椅搬到楼下，再把李月抱下来——因为她们第一次坐电梯时，电梯员骂了一句"从二楼下还坐电梯"。于是我就去找电梯员协商，他们了解到母女的情况之后，连忙表示之前并不知情，欢迎母女乘坐电梯。

我又去城乡商城，给李月买了一些衣物。

至于生活费方面，我找了一个朋友，他给中国扶贫基金会的领导打了招呼，每月给李月500元的生活补助，半年发一次。

在这种情况下，李月母女主动提出要参加《携手2008》。

节目录制得也比较顺利。

这期节目的名字就叫"永不停跳的舞步"。

我还设计了一个充满希望的结尾，那就是请李月来到了海军海娃幼儿园（在四川救助李月的就是海军部队，李月因此与他们结缘。而海娃幼儿园也邀请李月成为他们的荣誉团员），跟一些跳舞的孩子进行交流，最后大家照了一张合影，寓意就是"永不停跳的舞步"。

我和李月也一直保持着联系。2013年，李月在北京的一家医院做康复治疗。听到消息后，我还去医院看望了她，李月长高了很多，也更加成熟了。

2018年春节，她特意给我发了新年问候，表达了对我的感谢。

其实，应该是我感谢李月，有了她的参与，《携手2008》才能办成一个有影响力的节目。

奥运会过后，节目资源多了起来，嘉宾们都能来了，而且我们还请来了一些"重点"嘉宾，所谓"重点"，就是在他们身上发生了一些有争议性的事件，比如国家跳水队的领队周继红。

《携手2008》请她来，主要谈的还是这届北京奥运会上，中国跳水队获得了7枚金牌的事情，毕竟这很了不起。

在节目快结束的时候，许戈辉还是问了周继红关于有位队员被除名的事情，全场观众鸦雀无声，周继红说："每个团队都有自己的规

第 5 章 ／使命：与凤凰卫视携手

矩，不按规矩办事，怎么管理这个团队？"

许戈辉没有继续追问，因为周继红能说到这些，已经很不错了。

节目录制之后，我照常写了一篇宣传稿，在许戈辉的新浪博客上推送，同时也给新浪的值班编辑打了招呼。

第二天，新浪首页出现了许戈辉的这篇博客，点击量惊人。

……这里我顺便说下《携手2008》的对外宣传。刚到这个栏目组的时候，……一个困难，因为节目是在凤凰卫视中文台播出，很多内地观众都……到。那么怎么宣传呢？

200……左右，网络媒体已经很发达了，最具有影响力的就是新浪网。……把许戈辉的博客利用起来，因为名人博客是新浪关注的重……足够"劲爆"的话，新浪首页就会刊登。

算上关于周继红的这一篇文章，在整个2008年，一共有5篇文章被推送到了新浪首页，这个成绩让凤凰卫视的高层很满意。

在2008年末的时候，刘春提出一个意见：《携手2008》表现优异，无论是在收视排名、节目品质、宣传力度，还是赞助商反馈等方面，都表现得很优秀。

在收视排名方面，这一年的《携手2008》，有两次是凤凰中文台的第9名，大部分时候是排在10多名，也有一些节目是排在30多名。

欢乐的时光总是很短暂，2008年就要结束了，这档载有历史使命的《携手2008》节目也完成了它的任务。这一年，做《携手2008》的经历，真的是太美好了，我相信，我会用一生来记住"携手2008"。

第 6 章

出镜

电视人的情怀

周星驰曾经说过他拍的很多电影都是正剧,可是大家都当作喜剧来看,不知怎么搞的。说完他自己也笑了。

有人说,喜剧的最高境界是让人落泪。

像《大话西游》《喜剧之王》《武状元苏乞儿》,都是让人落泪的好作品,而剧情的幽默之处在于很多细节的设计。

柴静采访周星驰的时候,问到为什么在《西游·降魔篇》中再次出现了《大话西游之仙履奇缘》中有关爱情的"一万年"的台词。

柴静说:"我可不可以理解为,就是一个不由自主的想法,就是,我就想在这个时候说出我人生中想说的这句话。"

周星驰说:"你有这个感觉吗?"

柴静答:"对。"

周星驰说道:"谢谢你啊,谢谢。"

在我看来,周星驰就是最有情怀的香港电影人,他的电影里,总有一种东西,牵着你的心,或许是善良,或许是悲天悯人的情感。

我在某视频平台还看过一段周星驰与张柏芝接受采访的对话,谈到了《喜剧之王》著名的"我养你"的桥段。周星驰说:"就是那是个穷鬼,把所有的钱

第6章 /出镜:电视人的情怀

都拿出来给她,但是又怕其实都不够,最后就鼓起勇气说,要不别去做这些乱七八糟的工作,我养你吧。其实他都没钱,他凭什么说我养你呢。是吧,然后她(张柏芝)也回一句,你养活你自己吧,但是她心里面是感动得不行——现在想起来都想哭。"

周星驰这时候真的流泪了。

那座无人领取的奖杯

我参与策划制作的电视节目,许多都倾注着我自己的感情,比如第二届"中国十大杰出母亲"颁奖晚会、《星光大道》八周年庆典,也包括我曾经主持过的一些节目。总之,只要是我有指挥权,那么在内容设计上,就要与众不同,气氛也要温暖温馨,当然,这也让我有了不一样的人生经历,值得拿来分享。

2006年12月初,我按知名主持人张越的要求,分析了《半边天》的10期日常版节目,写了一份7000多字的报告给她。她看完之后让我直接讲给全栏目的编导,说这样效果最好,于是我讲了一下午。结束后她对我说:"《半边天》要办一个晚会,第二届"中国十大杰出母亲"颁奖晚会,你来写这十位母亲的颁奖词吧。"接到这个任务,我感到很意外:"我可不会写那些华丽的辞藻啊。"张越说:"你就按照自己的想法来吧。"

关于"十大母亲"的选拔标准,张越也在与全国妇联反复沟通。

因为各省报送的拥军模范太多了,如果"母亲"的类型重复,那么就不好做节目。所以张越希望,各种类型的"杰出母亲"都要有。

而且,张越强调,一定要有一个"为自己的孩子付出一切的好母亲",因为这才能体现人性的光辉。

经过反复协商,以上这些要求,全国妇联都接受了。

就在晚会录制的几天前,张越忽然告诉我:"薛老师,有一个坏消息,最重要的那个母亲,内蒙古的都贵玛,因为身体原因不能来现场领奖了,太可惜了。要不要换一个?"

我说:"不要换,这才完美呢。就在现场实话实说,老人身体不好,不能来领奖,就要在现场摆放一个无人领取的奖杯。"

张越接受了我的意见。

编导们拍完"十大杰出母亲"的样片之后,逐个发给我,由我根据她们的事迹来撰写颁奖词。

我先是学习了"感动中国"的颁奖词,然后又翻看了诺贝尔文学奖的历届颁奖词。

颁奖晚会现场的访谈主持人是张越,颁奖主持人是康辉和李潘。

这场节目除了有歌曲、舞蹈之外,还有一段诗朗诵,这个节目很了不起。

我来选几个故事和几段颁奖词。

先来说那位"为自己孩子付出一切的好母亲",这也是我写的第一个颁奖词。

她叫徐仙琴，是一位普通的农村妇女，远嫁他乡，并生了一个聋儿。为了教会儿子说话，她付出一切努力，后来，儿子借助助听器进入了正常人的学校。与此同时，徐仙琴开设了一所聋儿康复学校，帮助更多的聋儿走出困境。

我为徐仙琴准备的颁奖词：

> 不幸的人生通常是一把双刃剑，它会让懦弱者意志消沉，甚至输掉整个人生；但同时它也会让勇敢者变得无比强大，并且从此拥有绚丽的人生！徐仙琴的故事有三重升华：她先是让自己的残疾儿子拥有了正常的人生，继而把这些经验用在了拯救更多聋儿的身上，并且同样获得了成功。更可贵的是，在这个过程中，她由一个不幸的弱小女子，变成了受人尊敬的杰出职业女性，这种传奇经历，足以给千千万万同样有着迷茫人生的母亲们无限的感召力量！

另一位重要的"杰出母亲"是马志英，一个普普通通的回族妇女，她曾两次下岗，因病先后做了4次手术。可她却以顽强的毅力和执着的母爱，用慈母般的心先后救助了100多名贫困残疾女童，成为改变她们命运的阶梯。这些孩子中，已经有70多名考入大学。她在片子中说："等到这些孩子都上大学了，我也上大学，上美术学院。"她的故事非常感人，韩红在现场热泪盈眶地说："我愿意资助马志英上大学。"

后来张越告诉我，韩红真的联系好了中央美术学院，让马志英来进修。可惜马志英的身体状况很不好，计划未能成行。

我为马志英准备的颁奖词：

> 有人说，女人最大的美德应该是善良，马志英用她的善良创造了一个奇迹，而这个奇迹又几乎是难以复制的。在当代中国，贫困女童的教育问题，已经成了国家前进发展中的又一重要课题。马志英用她的实际行动感动着所有关心中华民族教育发展的人！马志英一直希望自己能上美术学院，甚至成为一名画家，其实，她已经是一位了不起的画家了，被她救助的上百位贫困女童，如今就是她最好的作品！

十大杰出母亲中，最重要的就数都贵玛了。而在这个颁奖晚会举办之前，都贵玛也已经获得了国家颁发的很多荣誉，因为她的贡献太伟大了。

1960年，我国正处于三年自然灾害的困难时候，上海出现了大批孤儿，周总理和乌兰夫商量后，用一列火车把3000名孤儿送到了内蒙古，鼓励牧民们领养孤儿。其中领养孤儿最多的人就是当时年仅19岁的蒙古族未婚姑娘都贵玛，她一个人领养了28位孤儿。我们难以想象都贵玛是如何做到的，即使给这些孩子只喂一次饭，或者照顾一次大小便，那会是多大的工作量？如果孩子生病了怎么办？如果不止一个孩子生病将怎么办?

都贵玛还要劳动,养活他们。都贵玛老人现在自己生活,跟孩子们的照片就是她最珍贵的家产。这些当年的孤儿很多都会经常回来看她,甚至要接她去大城市生活,她都拒绝了。如今老人身体不好,还住在内蒙古很偏远的蒙古包里,这次也没有到北京领奖,她一生中也从来没想过要领奖。

在现场,她的奖杯成了唯一一座无人领取的奖杯。

我为都贵玛准备的颁奖词:

> 她是一位典型的中国式母亲,一生经历沧桑,却把爱都奉献给了孩子——而最伟大之处在于,这28个孩子与她并没有血缘关系。如今的人们根本无法想象这样的故事是怎样发生的。一段难忘的历史,铸就了一段永恒的母爱!都贵玛,在国家最需要的时候,用她的坚强和毅力付出了一个伟大女性所能付出的一切!即使把世界上所有歌颂母爱的词汇都给都贵玛,人们仍然会觉得无法表达这份深情,因为这份爱,不仅给了这些最需要她的孤儿,也给了这个在逆境中成长的新中国!

张越后来告诉我,当康辉读完这段颁奖词时,全国妇联的一位领导回头问这是谁写的,写得非常好,以后也可以请他来合作。

现场录制时,那座奖杯就摆放在那里。然后在音乐伴奏中,韩红唱了一首感人的歌曲。

逆流顺流 / 我的电视时代

这次参与"十大杰出母亲"颁奖晚会,能撰写颁奖词,我觉得非常光荣。是的,如果一个人,能用自己的才华为国家做些事情,那真是太光荣了。

后来,应全国妇联的要求,我又写过一首歌颂母亲的诗《妈妈,我有一个秘密》。可惜后来没有被采用(那场晚会最后决定不用文艺作品了)。后来据我教过的一位北大学生说,前几年,在天津举办的一次晚会上,有人使用了我写的那首诗歌,如果是那样,真的太好了。

模仿也是一种致敬

20世纪90年代中叶,央视播出过某一届夏纳电影节的盛况,其中有一系列"向查理·卓别林致敬"的内容,比如卓比林电影回顾、论坛等等,其中有一个组委会在现场安排的细节让我非常难忘。幸运的是,多年以后,我"模仿"了这个细节。

时光来到2007年夏天,北京市大兴电视台在大兴区做了一个"我行我秀"的选秀活动。男女老少,不管是唱歌跳舞的还是说相声的,都可以参与其中,活动搞得红红火火,参与者众多。我做节目策划。

半年之后,到了2008年3月,活动接近尾声。栏目组开会,准备举办最后一场大型颁奖晚会,设置了十个奖项。我提了一个想法:因人设奖。打个比方,有一位热心观众,故事很多,让大家特别难忘,那就设立一个"最佳观众奖",把这个奖颁给他。

"最佳观众奖"只是我随口举的一个例子,但是栏目组的好几个人都说有一位老先生可以获得此奖。大家你一言我一语，勾勒出了他的故事。那是一位住在大兴区的70多岁的老先生，会拉二胡，会唱几句曲子。这个活动一开始，他就报名参加，当选手，大兴电视台的新闻节目还采访了他。可是由于老先生的年龄比较大，身体也不太好，家里人反对他参加选秀，他只好作罢，但是仍然很关心这个活动。

于是大家决定把这个"最佳观众奖"授予他。

然而第二天开会的时候，男主持人周建华告诉我："薛老师，有一个不幸的消息，那位老先生去世了，就在上周——那这个观众奖怎么办？"

我说："照样发给他。你和文婷（女主持人）尽快去他家慰问，然后把奖杯送到老人家的墓地，拍下这个过程，在颁奖晚会上播放。在晚会现场，我有一个想法，不过，我先给你们讲一个90年代中叶戛纳电影节的片段——"

在那届戛纳电影节颁奖晚会的现场，也请来了卓别林的一些家人，比如他的女儿。令我印象最深的一个画面是这样的，台上在颁奖，镜头切到了观众席。然后又是台上的画面，过了一小会儿，又切到了前几排的嘉宾席，这是一个小全景，画面上有几十名观众。这时候，我注意到有一个座位是空的。当时我还纳闷，这么重要的晚会，谁会拿了票却不到场？真是不珍惜。

又过了一会儿，镜头再次切到了观众席，而且对准了那个空座，慢慢推上去。我发现，那个空座的椅背上面贴有一个人名条，上面写的就是应该到场的嘉宾名字。那个人名条上写着法文，而此时，央视给了一个中文翻译：查理·卓别林。

老天，原来这个座位是留给查理·卓别林的，真是太震撼了！

是的，向查理·卓别林致敬的戛纳电影节颁奖晚会，也给在天堂的他留了一个位置。

坐在旁边的就是他的一些家人。

那一瞬间，我理解了戛纳电影节与奥斯卡颁奖晚会的区别：前者的悬念性、商业性不如后者，但是人文性高于后者。

讲完这个故事后，我建议，在大兴台《我行我秀》的颁奖晚会上，也学习戛纳电影节的这个"创意"。

后来的颁奖晚会，也是这样做的。

到了这个环节，主持人宣布，"最佳观众奖"授予某某某老先生。然后播放短片，画面就是老先生从报名参赛再到在家准备练习节目的过程。接下来的短片内容就是，老先生刚刚过世，男女主持人去老先生家里看望，看到老先生的生前遗物，又一起去了墓地，把奖杯放在他的墓碑前面。

短片播放结束后，男主持人站在观众席里，在他的旁边，有一个座位是空的，椅背上贴有一个人名条，上面就是老先生的名字。男主持人介绍了老先生的老伴和几个孩子，又告诉大家："这个座位就是留给天堂的老先生的。"

后来，大家都认为，这个段落是整个颁奖晚会最感人的部分。

第6章 ／出镜：电视人的情怀

《等着我》的前世今生

一般观众都知道,央视在 2014 年开播了大型寻亲节目《等着我》,由倪萍主持。可是很多人可能不知道,这个节目的创意,来自于 2010 年董卿主持的一期特别节目《等着我》。

我参与了那期节目的策划。

2010 年的《等着我》,是央视俄语国际频道与俄罗斯国家电视一台合作推出的节目。它的格调优雅、大气而温馨,主持人董卿发挥得也特别好,在俄罗斯同行面前展示了中国知名主持人的风范。

节目中共有 6 个跨国寻亲的故事,每个都让人动情。

第一个故事是中方的朱育理寻找 50 多年前的大学同学,而这位同学的父亲是曾经在 1939 年帮助中国打击日寇而牺牲的苏联空军飞行大队长库里申科。节目中出现了戏剧性的一幕,俄方主持人忽然说:"朱先生,我们的制片人谢尔盖先生要和您通话,要知道制片人通常是不会出现在节目中的。"莫斯科方面把画面切到了二楼导播间,俄罗斯电视台《等着我》栏目的制片人谢尔盖先生对北京的朱育理说:"昨天我才知道这个信息,您要寻找的同学,那位援助中国而牺牲的苏联空军大队长库里申科的女儿,我要告诉您,就是我的母亲!"

朱育理惊讶万分,连连拍着自己的胸脯。谢尔盖先生接着说:"我的母亲和我说过您,要知道我们非常感谢您,正是在 50 多年前,您和我母亲是同学,您告诉她我的外公牺牲在了重庆万州,那里还有他的纪念碑……我的母亲后来还特意去了那里，我们很感动，另外，我的母亲身体很好，我会把她的电话告诉您。"

北京方面请出了来自重庆万州的库里申科墓碑守护人，并且播放了刚刚在那里拍摄的短片，让谢尔盖看到了现今库里申科墓碑的情况，有鲜花陪伴，有人祭奠，董卿说："中国人民永远不会忘记那些曾经帮助过我们的人。"

莫斯科的谢尔盖先生眼里闪着泪花，一直看着短片。他说："谢谢你们，谢谢你们还记得那段历史。"

第二个故事更是这次录制节目中的经典。失散55年的黎远康母子，在莫斯科重逢。

55年前，一位俄罗斯妇女要把一对年幼的儿女带到苏联，而她的中国丈夫反对，父亲把6岁的儿子黎远康留在了中国，8岁的女儿黎远礼则跟着母亲去了苏联。分别前，6岁的黎远康并不知道这一次将是天各一方，长久分离，他还在安慰母亲："妈妈，过一周后，我和爸爸就来看你和姐姐。"

55年过去了，父亲已经去世，黎远康一直通过各种渠道寻找远在俄罗斯的母亲。如今的黎远康已经两鬓斑白，早已退休。其实他并不知道，他的母亲也一直在找他。

终于，经过多方努力，双方寻找的信息对上了。通过中俄双方录制的《等着我》节目的安排，他们母子在莫斯科见了面，那一瞬间，感天动地，所有观众无不动容。黎远康走上前，跪在母亲面前，抱着她哭泣。

自2010年5月以来，央视俄语国际频道同俄罗斯同行密切合作，开始了艰辛而难忘的寻亲之路，足迹遍布中俄30多个城市和乡村。最终，《等着我》在近百个寻亲信息中精心筛选出《友谊情长》《母子情深》《岁月情暖》《血脉情浓》《书信情真》《战友情重》6个故事，分别代表了人类情感的不同侧面。

如今，我还能记得每次开策划会的情景，一个个地筛选故事，一条条地确认信息，很多时候，我们没有把这些内容当成节目去做，而是在想：如果是我们自己在寻找亲人，将会是何种心情？

作为电视策划人，能够一直被自己的作品所打动，这也是一种幸福！

做外景主持人

2011年3月，我在央视讲课。上课之前，我看到学员名单上有万未，我很高兴。万未是科教频道的副总监，《百家讲坛》的创办人。

课间休息的时候，万未找我聊了一会儿，他对旁边的一位女学员说："你看，因为今天我来了，所以薛老师一开始讲课就用《百家讲坛》做例子，很有针对性。"

女学员叫张德宏，是科教频道《绿色空间》的制片人，这是一档环保纪录片节目。

万未说："薛老师，咱俩合作一下怎么样？你来做《绿色空间》的外景主持人。以前咱们国内的纪录片不太注重互动，收视率都不太理想。我那里的几位主讲人,他们自己就是一台戏,不需要与别人配合,不需要互动。可是做外景的主持人就得与人互动,另外,我一直想用一个40岁左右的学者型主持人,你比较合适。"

那一年,我正好40岁。至于学者,我不敢当,只是那时我正好在北大新闻与传播学院做客座教授,教两门课。

以前《绿色空间》也有出镜主持人,只是个性不够鲜明。

万未的意见是,在外景与嘉宾交流时,要平视对方,而且要替观众问出大家感兴趣的内容。同时,主持人要有一定的个性。

那一阶段,我在《绿色空间》录了多期节目,比如"长江清漂队""盘锦黑嘴鸥保护协会"等等,但是实际播出的只有《我为滇池狂》这一期(不久,科教频道的栏目进行调整,《绿色空间》停播了),然而这一期已经足够了,因为它非常具有代表性,足以为我后来的主持工作攒下经验,并且打下良好的基础。同时,也正是这一期节目,让我暗下决心,争取以后再做这种纪录片的外景主持人,因为我觉得这个工作非常适合自己。

《我为滇池狂》在2011年7月播出,是《绿色空间》的最后一期节目。主人公是滇池环保工作者张正祥,他获得过2009年"感动中国人物"的称号。而且《鲁豫有约》也请他做过节目,可是在鲁豫那里,他表现得很木讷。因为那里不是张正祥的"主场",面对强势的鲁豫,他只能"很配合"。

可是,在我的节目里,张正祥变成了一个"疯子",一个个性十足的环保达人,因为我来到了他的身边,让他按照自己熟悉的方式来

第6章 / 出镜:电视人的情怀

展示他的工作与生活。

张正祥是滇池源头的保护者，他的主要工作是阻止滇池周边的采矿工程、兴建高尔夫球场的工程等等。因为他挡了一些人的财路，所以遭到了很多打击报复，但是他依然勇敢地坚持着他的原则，最后他获得了胜利，中央和昆明市政府开始大力治理滇池的污染问题。

在这期节目中，有几个地方值得总结。

首先，我在滇池边做了一个开场解说，介绍了本期主人公。这个开场是一个长镜头，我自己写的词，录了10遍才通过。开场的最后一句话就是"我们一起去观音山村拜访张正祥"，这样就为后面的情节发展做了铺垫。

从敲门，到进院与张正祥聊天，也是一个长镜头，一遍通过。最后的过渡语言是"到您住的地方看一下"。然后就是上楼梯，进他的宿舍。这样每一个段落都是推进式的，仿佛电视剧一样。

在他的简陋宿舍，我说了一句很有意思的话："在您这儿怎么感觉像是回到清朝了？"

张正祥说："对啊，这里就是清朝时候建的。"

和他交流时，片子中加入的一句后期解说是经我和制片人商量后安排的，那就是"据张正祥说，他的眼睛，是一个矿主让人用车撞伤的"。一般情况下，解说会这样："张正祥眼睛受过伤，是一位矿主让人用车撞伤了他。"这两句的区别在于，前一句更客观。栏目组没有直接下结论，没有说"是矿主干的"，而是"据张正祥说，是矿主干的"。

在这期节目中，"客观"是基调。也就是说，没有刻意夸大张正祥的英雄事迹，而是通过一件件事情来描写他。甚至有的时候还有一些"质疑"，其实这样更能真实地展示他。因为，真正的英雄经得起质疑。

在滇池边，张正祥很激动，完全没有参加《鲁豫有约》录制时的拘谨。在他讲述告停了一个高尔夫球场的兴建工作时（就在滇池附近），我问他："那人家不恨你啊？"

张正祥大声喊道："他要我的命啊！"

看，我没有顺着"英雄"的思路来，没有一味支持、称赞他，反而站在了一个客观的角度，甚至是"反面人物"的角度。其实这样才能更立体地展示英雄，也更能彰显他的个性。

我们一行人到了昆明花卉市场，张正祥说养花对滇池的伤害很大，因为养花"下大水、施大肥"，既浪费水，又对土壤破坏严重。然而种植、售卖花卉的利润高，也是不争的事实，于是我问他："如果是你的儿女种花，你怎么办？"

这个问题没有仅仅站在环保的角度，而是站在普通老百姓生存的角度上看待滇池的保护工作。

张正祥停顿了一下，对我说："可以种别的植物啊，比如茭白，一样可以有收入。"

种茭白当然没有种花的收入高，但是我没有继续追问，再追问就不礼貌了。

发展生产与环境保护，在某种角度上，是有矛盾的，如何调解矛盾，是个大课题。

在节目中，只要涉及一些环保术语或者环保知识，我都会直接求教张正祥，而不是一带而过。因为我考虑普通观众可能听不明白，因此我要替观众问清楚。对我来说，让观众看明白节目，才是第一位的。

张正祥后来又带我去了几处暗河（泉水），水很干净，流入了滇池，如果暗河都能保护起来，对滇池就非常有利了。

多年的新闻工作，也让我有了一个工作习惯，面对强势者，通常我都会"打压一下"。而面对弱势者，我就会"帮助一下"。

1997年，我还在黑龙江广播电台工作的时候，有一次要在直播间对哈尔滨图书馆馆长进行访谈。这位刘馆长很强势，在办公室的时候，就很傲气，表现出对媒体不太友好的态度。我心里想："你等着，看我在节目中怎么'收拾'你。"

哈尔滨图书馆是新馆，非常壮丽华美，各项设施都很现代，是我心目中的圣地，那时我经常去图书馆看书。

这期节目由我主持，访谈中，我忽然问这位馆长："你的图书馆那么漂亮，可是一楼为何还有很多台球厅、礼品厅、服装厅等等，这跟书有什么关系？"

这句问话很尖锐，刘馆长猛地一下子坐直了，他大声说："我要告诉你，你问得很好。因为我有上百名退休职工，都要靠我养，我哪里有那么多钱？如果不对外出租这些地方，就没有足额的退休金。但是，我可以告诉你，所有这些对外出租的场所，合同都是签到今年年底，明年就都没有了！"

他说得倒是很实在。

一年后，我参加哈尔滨足球队的一个活动，活动之后各媒体同人一起聚餐。我边吃饭边和身边的人聊天，远远地，走过来一位年轻的记者，他端了一杯酒，要敬我。他自我介绍说："薛老师好，我是《哈尔滨广播电视报》的记者。"

我很纳闷，不认识他啊。

他继续说："我父亲经常在家里跟我说，让我向你学习。"

我有些糊涂了："令尊是——"

他说："我父亲是哈尔滨图书馆的馆长，你采访过他。"

哦，原来如此，我笑了，连忙干了这杯酒。

在来北京之前，我在黑龙江电视台做过体育节目的解说员（北美冰球联赛），在黑龙江广播电台主持点歌节目、古典音乐节目、访谈节目等等。相对于做编导、策划，我个人还是很喜欢做主持人的，因为我愿意分享，愿意有更多人听到、看到自己的节目。

做了《绿色空间》外景主持人之后，我发现自己最喜欢的就是这种外景人物纪录片，因为我喜欢在一个不确定的环境中，与人物交流，推进情节的发展，它让我很有成就感。

尽管《绿色空间》只是一个短期项目，但是很快，新的机遇出现了。我又能主持人物纪录片了。那就是广东增城电视台的易美传媒《今日故事》。

第 6 章 ／出镜：电视人的情怀

当然，我要感谢易美传媒的董事长李敬民，是他给了我做主持人的机会。

越平凡越动人

2011年9月，应广东易美家园文化传媒股份有限公司的董事长李敬民的邀请，我来到了广东增城的新塘，那里也是易美传媒的驻地。

李敬民是我的大学师哥，比我大一届，1989级英语系的，他在大学时是学校的学生会主席，组织能力很强，很有个人魅力。那时候我对他的印象就很好，只是我们没有太多的合作机会。

大学毕业后，李敬民留在我们的母校齐齐哈尔师范学院的外事办工作。后来他又去了南非，并通过个人奋斗，成功地在南非做起了服装贸易的生意，主要业务就是在中国订制服装，销往南非。他的生意很成功，在南非的华人群体中也有很大的影响。习近平主席偕夫人彭丽媛第一次访问南非时，彭丽媛还特意去了南非德班音乐学校，这所学校就是由华人赞助的，而赞助者正是李敬民。这条新闻曾在《新闻联播》中播出，在画面中，李敬民坐在彭丽媛的身后。

2011年3月，李敬民在增城新塘镇（中国的牛仔裤之都）成立了易美传媒，他找我过去，就是想看看我有哪些想法，可以与他合作。于是我给他看了《我为滇池狂》，提出来在当地增城电视台推出一个类似的人物纪录片（增城是广州所辖的县级市），我来主持和负责这个节目。李敬民同意了，因为他觉得这是个公益类的节目，也能提升易美传媒的形象。

我按照《绿色空间》的节目模式来制作增城台的节目，名字叫易美传媒《今日故事》，周播，我是出镜的主持人，同时也是节目的负责人。易美传媒提供编导、摄像与后期制作人员，节目时长在12分钟左右。一般来说，每录制一期，我会剪成两期播出。故事的主人公就是增城的有故事的老百姓。

易美传媒《今日故事》的操作是这样的。

首先是编导提前给我报选题，审核通过之后，他们先去预采，等我到场后，开始拍摄。我对编导说，等我来了之后，你不要管内容，只需要安排好行程，尤其是中午在哪里吃饭，因为这是个团队，需要照顾大家的生活。

拍摄之后，编导进行粗编，把文字方案报给我，这里也要带上同期声的内容。我会在文字方案上进行修改（因为我熟悉所有内容，所以会有针对性地告诉他们修改哪些具体内容），修改之后，他们去精编。他们编完之后，把片子发给我，我再提出一些修改意见，他们修改后，就直接送给增城电视台了。

无论是文字还是片子，都是做一次性修改，一般情况下不会反复修改，这是为了工作效率，也是对编导的信任。

易美传媒《今日故事》是在一个县级城市播出，可是，我会按照中央台的标准来制作。

感谢师哥李敬民，在他的支持下，我才可以这么任性地、不计成本地制作易美传媒《今日故事》。

录制的第一期节目就很有感染力,名叫"旻旻——和鸟儿一起醒来",主人公是增城女诗人,被称为增城的张海迪,名叫旻旻,从小患有进行性肌营养不良症,但是出版了很多诗集。按照我的要求,编导冯春艳设计了外景行程。整个策划的行程是我先到旻旻家里接她,然后乘车去广州大剧院看音乐剧《妈妈咪呀》(这是旻旻自己原先的计划,她经常去看演出),最后把她送回家。

前面都很顺利。我还和旻旻去了广州的越秀公园,请专业摄影师给她照了一组漂亮的照片。这时候,旻旻问我们,她的一位朋友也要到了,她可不可以去酒吧和朋友相见。

编导冯春艳不同意,她认为时间宝贵,应该找个地方做访谈,毕竟这一路还没有好好地坐下来交流。我没同意,我说:"我宁可不做访谈,也要让我的嘉宾开心。另外,做访谈,其实在哪里都可以做,这一路上随时随地都可以交流。"

我们几个人去了酒吧,见到了旻旻的朋友,一起喝了酒。这些也都拍摄了下来。

我们进大剧院的时候引起了大家的注意,因为大家看到摄像机在拍摄一位坐轮椅来看戏的姑娘。

看完之后,我们坐车回家。

在路上,我问旻旻愿意看什么电视节目,旻旻说:"最愿意看花样滑冰,一个人居然可以那样灵巧地控制自己的身体。"

是啊，旻旻做不到这些，在她的眼里，那是可望而不可即的。

我把这期节目定名为"旻旻——和鸟儿一起醒来"，其实源自于旻旻的一句诗，我恰好翻看到，很喜欢。鸟儿可以自由飞翔，而旻旻身体不方便，她的内心，应该很羡慕鸟儿。

拍摄完工之后，我告诉编导怎样剪辑，要哪些内容等等。

旻旻很喜欢这期节目，因为以前电视台采访她，基本就是在演播室里，而这次是完整地展示了她丰富多彩的生活。

让主人公以最自然的方式展现自己，是纪录片的基本要求。

按照我的要求，易美传媒《今日故事》一定要是外景节目，主人公要有外景行为，不能是简单地坐在室内与他人交流，因为这是带主持人的纪录片——这个称谓是万未定义的。当时凤凰卫视也有类似的节目，是杨锦麟主持的，称之为行走类节目。

作为编导，一定要进行预采，也就是要提前见到主人公，与其充分地沟通，商量做哪些外景行为。等到确认了采访框架之后，我再飞到广州。一般情况下，我每个月去一次广州，每次录两期节目，保证一个月的播出量。

一年之后，易美传媒《今日故事》举行了评奖活动，我仿照《时空连线》的投票制度，在易美传媒的公司内部组织大家投票，每人投一票（事先我拿出5个节目做备选），得票数最多的节目获得金奖，其次为银奖和铜奖，对每个奖项给予一定的奖金。经过统计，获得金奖的是《最后的水上人家》。因为评奖时这部片子的编导王帅已经离职，因此由这部片子的摄像师王旭代为领奖，并发表获奖感想。

第6章／出镜：电视人的情怀

王旭很激动,他说:"不知道因为什么,这个片子第一次编完之后,薛老师没有通过,又编了一次。另外,拍摄时我遇到了困难,因为薛老师皮肤白,而船上的渔民皮肤很黑,所以我费了很大劲来调光和亮度。"

《最后的水上人家》的内容是这样的:在增城的东江上,有一些人常年住在船上,在岸上没有家,因此这些人被称为"最后的水上人家"。其实,主要就是一些贫穷的渔民,他们没有房子,只好住在船上。

拍摄的时候,运气很好,遇到了两家渔民,他们都是住在船上的。其中一户渔民吴根祥夫妇让我印象深刻,黝黑的皮肤,一看就是饱经风霜,而且他们听不懂我的普通话。在船上,有被褥,有做饭的器具,还有3个闹钟——坏了也舍不得扔,那就是他们的家。

吴根祥穿着雨衣,因为拍摄的时候正值冬季,天气也比较冷,我问他:"如果下雨怎么办?"

他说:"那就会比较冷了。"

在岸边,我还采访到了一位老太太王锦意,她也住在船上,只不过,因为和儿女关系不好,所以自己买了一只小船,独自住在船上,她还给我唱疍家歌曲(以前,沿海的水上居民被称为疍家人),内容很令人心酸,大意就是女人嫁人后,被婆家欺负、看不起等等。这也是旧社会妇女困苦生活的写照。

在片子结尾,我和村主任交流这些"水上人家"的情况。我没有用"贫穷"的评价作为收尾,因为我觉得那样太冷酷了,媒体还应该具有一些光明的导向。因此我做的结尾是:"现在,人们的生活多元化,有人选择在岸上,有人选择在船上,看,就在这茫茫的东江上,就有一些人,选择了在船上生活,他们就是最后的水上人家。"

因为这个片子比较写实,讲述了一些边缘群体的生活,因此受到大家的好评。

易美传媒《今日故事》一共制作了3年,其中有很多期让我难忘。这些节目从各个角度展现了增城老百姓的生活。

《隐形的翅膀》的内容是一位失去双臂的优秀高中生何志荣,家境贫寒,他立志要考上建筑专业,成为一名工程师。

在他家里时,我提议让他给我倒水喝,他就用脚给我倒了一杯水,我拿起杯子一饮而尽。这个细节也打动了他——这表示我不在乎别人用脚倒的水。

不过,这期节目的最大亮点在于我提议和他打乒乓球(因为他的确会用脚打乒乓球)。

拍摄第一轮比赛时,规则是抢3分,我赢了他——因为他是用脚打球,如果我发近端的球,他就会不好接球。发现这个问题后,我决定后期不采用这个第一轮的赛况,因为我如果赢了他,节目并不好看。

再次开机后,我俩打得很激烈,我尽量让球跑向远端,他终于战胜了我。

的确,一个没有双手的人用脚打乒乓球,并且赢了主持人,那才好看。

后来,我又提议到足球场上,让他罚点球,我来守门。他踢了三次球（踢前两个球时，他有意踢的难度比较小，好让我能扑到，这个孩子很善良。我发现这个问题后，让他拿出本事来踢最后一个球），最后一个球，他踢得非常精彩，打进球门的左上角，我是真的没有扑到。这个球，也为本期节目画上了圆满句号。

后来我听说，几年之后，这个小伙子如愿考上了一所大学的建筑系。然而考上之后，校方建议他转为金融系，因为将来如果真的成了工程师，他就需要经常到工地去，而没有双臂会非常不方便工作。他理解了校方，愉快地转了系。

《轮椅舞蹈队》也很励志。一位广州的小伙子，因为后遗症，很小的时候就开始坐轮椅，但是他很聪明，长大后学会了修手机，而且娶了一位美丽贤惠的妻子。这之后，他又开始组织成立轮椅舞蹈队，当队长，也就是很多坐轮椅的人在一起，学习轮椅舞蹈。那个场面真是感人。

这个活动的组织者是广州的一位社区负责人，他负责安排场地，他说："这些残疾人在家的时候，大多很自卑。但是当他们在一起跳轮椅舞蹈的时候，就非常自信。"

这期节目分为上下两集，上集结尾的时候，我在他家对他说："现在你带我去参加你们的轮椅舞蹈活动吧，听说你会开车，那就开车带我去吧。"

留了一个悬念，一个坐轮椅的人，居然还能开车。

下集开头，就是小伙子开车，我坐在车里。他说："这是给残疾人特制的汽车，方便我们驾驶，可以用手控制刹车。"

在这期节目中，我特别设计了一个细节，当那位社区负责人介绍轮椅舞蹈队队长的时候，我让摄像师把镜头从社区负责人身上移开，推给了远处那位正在组织大家活动的优秀的小伙子，也就是本期的主人公。事实证明，这样的镜头很有感染力。

还有很多期易美传媒《今日故事》值得回忆。

比如《给我一个家》，讲述了一位被捡来的孩子，他叫尹水泰，当他长到15岁时，监护人——老奶奶去世了，而老奶奶的儿女家境都很困难，不愿意收养他。问题是在这之前没有人给他办理身份证，因此他无法享受低保福利，这就很尴尬了。而且这个孩子的智力有些问题。

拍摄中，我问尹水泰："你愿意留在这个家里吗？"

他使劲点头。

可是目前收留他的、老太太的大女儿说着说着就哭了，因为她的家庭很困难。

我设计了最后一组镜头，那就是让小尹帮家里干活，晾衣服，搬砖等等，后期配上了歌曲《我想有个家》。然后，当他在胡同里茫然地望着远方时，顺着他的视线，是一只老母鸡和几只小鸡在地上叽叽喳喳地叫着。

那些小鸡的命运，正是他所期待的，因为它们有一个家。

这个节目没有结局，因为社区负责人告诉我，申请办理身份证比

第 6 章 ／出镜：电视人的情怀

较麻烦，已经办晚了，除非市长特批。

作为媒体，我却只能呈现事实。

也正是通过制作易美传媒《今日故事》，我了解到了生活中还有很多需要我们关心和帮助的人群。

比如《妇女法律顾问》这期。

增城妇联有一个法律援助组织，帮助女性处理离婚时的经济纠纷。比如有些女性在办离婚手续时，才发现丈夫欠了赌债，人家追到了家里。

这期的主人公是一位年轻的女性潘伯银，还上过大学。她在婚后患了重病，留下了癫痫的后遗症。根据法律规定，女性在婚姻存续期间患病，其丈夫有义务帮助其支付医疗费。可是她的丈夫嫌负担重，只交了很少的一部分钱之后就和她离了婚。之后男方就不再出现了。于是她就到法院起诉，虽然胜诉了，可是执行判决又比较困难，男方说没钱，拒绝支付医药费。

我和律师到了潘伯银的家里，在农村，好在她有父母的帮助。她有一个电脑，可是上不了网。她讲着自己的故事，她说有一次自己在外面发病了，在地上躺了一天，没有人发现她，说着说着就哭了。

我拿了一张纸巾递给她，鼓励她勇敢地活下去。

是啊，一个患有癫痫的女性，已经无法工作，又离了婚，现在还欠着医药费，她的生活该有多么艰难。

但是在采访中，我没有谴责她的前夫，因为局外人无法判断对错，我们只能用法律来说事。

还有一期采访增城孤儿院的节目（李敬民捐助了这家孤儿院，但是节目中没有提这件事，因为李敬民觉得没必要做宣传。因此我采用了一个来捐助的普通老百姓的故事作为由头），让我很难忘，这期节目对我后来在《乡村大世界》策划党玲那期节目也有所帮助。

以前我没有去过孤儿院，对这个地方比较陌生。

我将这期节目起名叫"不缺面包缺少爱"，因为到了那里我才发现，孤儿院的孩子们生活得很好，吃得不错，住得不错，穿得也不错。然而只要有人来看他们，他们就非常高兴，就会缠着来人，靠在来人身边，看着来人，让来人抱他们，因为他们也需要一个家，需要别人爱他们。等待他们的最好的命运，就是被人领养，那样他们就有了一个完整的家。

据孤儿院的保育员介绍，来过一些美国人，领走了几个残疾儿童。这一点很了不起，他们领养的不是健康儿童，而是更需要关爱的残疾儿童。

其实，在孤儿院，很多被父母抛弃的孩子，都多多少少有一些疾病或残疾。

当然，办理收养手续的程序很复杂。比如异性领养，就需要收养人与被收养人的年龄差距在40岁以上，同时收养人需要证明自己具有一定的经济实力。

一位保育员告诉我："有一天，门口来了一对夫妻，他们说自己的孩子就在里面。"这位保育员激动地对他们说:"你们别走,我现在就报警,当初你们遗弃孩子,现在又想领走,哪有这么便宜的事情,你们犯了遗弃罪!"

把这一对夫妻吓跑了。

至于这些孤儿的来源,通常都是有人在外面发现小孩被遗弃了,报了警。然后警察就把小孩送到孤儿院来。

他们给孩子起名时,安排同一年来到这里的孩子都姓同一个姓。

拍摄中,一个小男孩放学回来了,他在上小学,很可爱的孩子,有些羞涩。

真难以想象,他是孤儿。

这些节目基本都是在 2011 年到 2013 年间拍摄的。2019 年的时候,我又重新拍摄了这几位重点人物,"续集"的节目名叫"后来",因为前面纪录的很多人物有了新的故事,也就有了"后来"。

坐轮椅的女诗人旻旻还在家中做家教,依然在写诗,而且又出了书。我和她一起去逛了当地的何仙姑家庙,一起去酒吧喝酒。临别前,我把她抱上车的时候,我对她说:"六年后,我还来看你。"

旻旻微笑着说:"六年后,我可能已经不在了,我了解自己的病。"

她是笑着说的。

那位没有双臂的何志荣已经从大学金融系毕业,而且工作了,我在他的新单位——一家大型金融集团见到了他,他一个人住在租来的房子里,很"独立"。

"水上人家"的主角，唱疍家歌的 76 岁老阿婆王锦意，2019 年时已经 84 岁了，身体依然很好，还能唱歌，甚至偶尔还会去河里游泳。

最令人惊喜的是吴根祥夫妻，已经上岸生活了，2019 年夏天我再次见到了他们，是在他们岸上的家里，当地村子也很照顾他们。

那位被法律援助的年轻女性潘伯银，现在有了工作，可以在家做。而且，她刚刚讨回了所有的欠款。

轮椅舞蹈队的排练场地改在了佛山，有更多志愿者在帮助他们，大家依然笑容灿烂。前几年，他们还去人民大会堂做了表演。

我还去了增城孤儿院，我发现当年见过的一位手脚残疾的小男孩，马上要有新家了，而且是在美国。

唯一没有见到的是孤儿尹水泰，据介绍，尹水泰在几年前出去打工了，很少和家人联系。是的，这是个没有结局的故事，尹水泰消失在茫茫人海中了。不过，现在的他已经二十二三岁了，去城市打工对他来说是个不错的选择。

这里的孩子都姓党

2017 年，我在《乡村大世界》做策划。这是中央七套农业频道的一档大型外景综艺节目，主持人和制片人是毕铭鑫。到了年底，毕铭鑫嘱咐我做几期回顾 20 周年的节目。那时候，这个节目已经开播 20 年了。

《乡村大世界》面向农民，深入农村。栏目组非常了不起，常年在

第 6 章 ／出镜：电视人的情怀

外地奔波，不辞辛苦地为农民带去优秀的综艺节目。毕铭鑫20年来去过几百个县城，每次都是在田间地头做节目。

我首先在栏目组收集故事，当时我给节目起的名字叫"那些难忘的瞬间"。等到故事收集得差不多了，我又从资料库里找了一些我觉得值得回忆的好节目。按照我原来的设想，我给毕铭鑫准备一些资料，由他个人来讲述这些故事，然后播放相关的节目。因为我考虑到，毕铭鑫作为制片人和20年来从头至尾参与制作《乡村大世界》的主持人，最有资格来讲述这些故事。

可是到了录制之前，毕铭鑫对我说："薛老师，你准备的这些词，太文艺了，不太适合我的风格。另外，我一个人讲述这些故事，总感觉有些喧宾夺主，仿佛在自我炫耀。要不这样吧，你来出镜采访我，你提问，我来回答，这样好不好？我在和你交流中讲述这些故事。"

这让我很意外。

出镜采访也好，做主持也好，当然是我愿意的事情，毕竟是央视频道。可是原来的方案不是这样啊，于是我说："你让我考虑一会儿。"

老实说，这时候的我，已经对出镜没有那么大的冲动了，我更希望做几期好节目，以对得起这个为农民做出20年贡献的好节目。但是我考虑，既然是毕铭鑫的提议，那一定要让他以舒服自然的状态讲述，所以我同意了出镜采访他。

第一次录像，一共录了3期，有很多值得铭记的好故事。比如当年，摄像师老梅为了拍摄一个阳光下倾泻的玉米的好画面，差一点丧命于巨大的玉米堆里。再比如2005年在辽宁抚顺，在举办慰问演出的

逆流顺流 / 我的电视时代

过程中下了大雨，演出无法进行了，姜昆提议，就在村口的小学里给群众说相声，而且当时只有一台单机在录像。这真是难忘的回忆，姜昆作为艺术家，具有临场应变经验与服务农民的精神，令人敬佩。

更令我难忘的故事，是在汶川地震时，毕铭鑫的一个"没有发出的遗言短信"。

当时毕铭鑫带着一个小团队赴四川灾区采访，在去崇州的路上，考虑到自己不会游泳，一旦遇到洪峰，可能生命不保，毕铭鑫就决定给家人留一份遗嘱。因为那时候用的是翻盖手机，只要不打电话，那条短信在界面上的位置就始终不变，所以他也做了充分的准备，一旦有生命危险，就先把遗言短信发出去，这样就没有遗憾了。

他把这条遗言短信编好后，一直留着，直到最后撤出四川回北京，才删掉。回北京后毕铭鑫无意中跟他爱人讲过，然后他爱人就经常套他话，问这个遗言说了什么，他就含糊其词。其实遗言短信的内容主要就是照顾好父母，帮他尽孝，再照顾好孩子，那时他的女儿5岁。另外遗言上提到，爱人你还年轻，如果碰上对自己好的人，就可以开始新的生活。

这是一个体现人性光辉的故事，很真实。

毕铭鑫是一个优秀的主持人，越是质疑他的问题，他越是回答得诚恳。比如当我问他："为何节目中设计的游戏总是会让你赢？"毕铭鑫很坦诚地说，应该有两个原因，一是他本人长得比较正直，适合正面角色，所以适合获胜。再一个，他是制片人，团队的人会考虑他的形象和感受。这种回答让我很满意。

或许是常年主持农村题材的节目的原因吧，以他为代表的《乡村大世界》团队的人都很质朴。

这3期回顾性的节目，有很多是《乡村大世界》的经典，比如为农民付出生命的乡村医生余传清，9岁的"小妈妈"徐娜（母亲有病，因此小徐娜很早就挑起了家庭的重担），但是我印象最深的却是我自己参与的"救助小党玲"的故事。

小党玲是河北行唐县孤儿院的一名3岁女童，出生时后颈上长了一个大包，因此被父母遗弃。毕铭鑫和栏目组到孤儿院的时候，发现了她。最让我感动的是，毕铭鑫没有像其他人那样仅仅是慰问而已，而是实实在在地关心小党玲（用毕铭鑫自己的话说，他和小党玲有缘）。他想办法联系到了北京宣武医院，又安排小党玲到这家医院做了手术，切除了后颈上的大包。

这个故事让我难忘，因为媒体人真的做了"救助者"。或许是毕铭鑫自己也有女儿的原因吧，他投入很多的精力救助小党玲，做了一件善事。

党玲的名字是孤儿院起的，那里所有的孩子都姓党。

第 7 章

璀璨

造星神话《星光大道》

所谓三观不合,并不是你爱看书、他爱打游戏,而是指他说你看书是装高雅、你说他打游戏是浪费时间。其实看书与打游戏都是消遣的方式而已。

《星光大道》与国内绝大多数综艺节目的打法不一样。

综艺节目当然要把收视率放到第一位,而国内绝大多数综艺节目采用的方法都是尽量请大腕当嘉宾,然后到处挖掘大腕,换句话说,大腕才是主角。从《快乐大本营》到《中国好声音》都是这个套路。

在《星光大道》团队看来,这就是"打游戏",他们不是这个套路。

2011年的时候,《星光大道》的制片人说过:"所有的人都是配角,包括主持人、大腕嘉宾、助演等等,只有当期选手才是主角,节目的所有内容都要围绕选手来设计,突出选手,让选手出彩,其他人,包括大腕嘉宾,风头绝不能盖过选手。"

何炅有一句话,说出了《快乐大本营》与《星光大道》的区别,他说,《快乐大本营》是把明星变成素人,而《星光大道》是把素人变成明星。

哪个更容易做到?

因此《星光大道》有个别名:造星栏目。

从2011年开始,连续4年多,《星光大道》的收视率在国内综艺节目的排名中位居前三名,每年的总决赛更是绝对的收视冠军。

打游戏是轻松简单的事情,有的小孩刚3岁就开始玩手机游戏了,可是看书的乐趣与收获,是无法言表的。

轰动一时的假票事件

我从2010年底开始到《星光大道》工作,一直到2015年夏天为止,我做策划和导演,有几件事情值得分享,首先就是假票事件。

《星光大道》的收视率高,影响力大,可是如果用数据表述,大家可能没有概念。那么换个角度来表达,看看这个节目红到什么程度。在2013年的一期节目中,《星光大道》居然出现了600张假的门票。

在央视,《星光大道》的门票最抢手。《星光大道》录制期间,有票贩子专门在演播室门口倒票。有倒卖演唱会门票的,也有倒卖火车票的,可倒卖电视节目门票的,却着实少见。因为按照规定,电视节目的门票都是赠送的,从来没有售卖一说。

目前录制的国内大型综艺节目,很多都是由穴头组织观众,如果某一期节目需要800个观众,那么节目组至少需要支出十多万元,其中包括往返大客车的费用和观众的酬劳,同时包括盒饭和饮用水的费用。

《星光大道》节目组不需要这笔开支。相反,如果谁手里有剩余的票，出门就能换钱。《星光大道》的门票可以卖到四五百元一张（周赛、月赛），而且根据位置的远近、是否在周末录制等因素，价格还会出现浮动。收购价一般在两三百元一张。到了举办年度分赛乃至总决赛时，门票的价格就贵多了，据说2015年的总决赛门票被炒到了七八千元一张。

来说2013年的假票事件。

2013年夏天，那本来是一次正常的节目录制。大家还在做录制前的准备工作时，就听说了这天的观众异常的多，一开始以为是好事，后来发现不对头。因为在大兴星光演播室里，观众人数已经严重超标，但是外面还有数百人没有进来。这时有人发现了，先进场的观众，很多是拿着假票进去的，而且是高仿真的假票。

当我来到演播室的门口时，发现从一楼已经进不去了，门口堵满了人，而且有人在高声叫喊，似乎要闹事。大意就是他们是花了钱买的票，为什么不让他们进去。

我看见一位男导演冷着脸坐在演播室门口，不让任何人往里面闯。那一瞬间，我很佩服他，多亏他的顽强与坚持，才阻止了闹事人群的闯入。此时，制片主任也在努力分散人群，他请大家多多理解——如果是《星光大道》节目组的亲友，请下次再来看节目。如果非得看，那么旁边还有一个央视综艺节目正在录像，可以到那里去看。就这样分流观众，才让局面没有进一步恶化。

现场观众爆满。

第7章 ／璀璨：造星神话《星光大道》

道具组负责人说，观众人数太多了，超过1000人，这样容易出安全事故。因为全场的几百个观众座椅是由一个整体钢架连接，无法承受这么重的分量，为防止坍塌，必须马上加固。

提心吊胆地录完了这一期，还好，没有出什么问题。

以前观众人多，节目组都是在舞台前面和两侧分别摆放几十个小板凳就可以解决问题，可是这次小板凳都放满了，也不够用。

录完之后，600张假票摆在了大家面前。这是自《星光大道》播出以来，第一次出现如此众多的假票，严重干扰了节目录制。而且组织售卖假票的人很有经验，知道《星光大道》实际录像的时间会推后一点，因此很多老观众会晚些入场，所以他们让买假票的人尽快入场。而门口的保安只要发现人多了，担心安全出问题，就会提前先放一批人进来。因此几百位买了假票的人就都先进场了。而那些有真票的人反倒进不来了。

这次假票事件，最后不了了之。不过，在那之后，一直没有再出现大规模的假票。

从2010年开始，《星光大道》越来越火爆，门票也越来越金贵。《星光大道》现场甚至成了北京人接待外地亲友的"景点"之一。我的几位远亲，从东北大老远坐火车来北京，就为了看《星光大道》，录像之后，第二天就回老家了，甚至都没有在北京逛其他景点。

造星神话

国内大概没有哪个栏目,能像《星光大道》这样批量地制造明星了。

《星光大道》从 2004 年到 2015 年,共走过了 11 个年头,制造了无数的明星,比较知名的有:凤凰传奇、李玉刚、玖月奇迹、阿宝、旭日阳刚等,还有一些外国选手。

关于制造明星,《星光大道》栏目组有一整套成熟的策略。

先讲一个相反的例子,看看那些造星不成功的栏目组是什么做法。有对比才能看出不同。

2012 年,我看过央视三套的某选秀节目。一个男选手出场唱歌,唱的是陈奕迅的《十年》,唱了一半,陈奕迅出场与他合唱。唱完之后,主持人出场,介绍了几句男选手,然后一直与陈奕迅聊天,聊了一会儿,就宣布有请下一个选手。

在这个段落,男选手一句话都没说,他的情况是由男主持人代为介绍的。

似乎很多节目也都是这样做的。区别在哪儿呢?

如果同样的选手、同样的歌曲出现在《星光大道》的舞台上。那么,导演组的整体思路就是一切围绕选手做文章。把他作为主角,其他人都是配角,那么怎样突出他,怎样让他出彩,就怎么安排。

因此导演绝不会安排陈奕迅跟他合唱这首歌曲(陈奕迅可以坐在

台上当点评嘉宾）。因为同样是男性，男选手唱《十年》的水平很难超过原唱陈奕迅，既然陈奕迅会把男选手比下去，为何要这样安排？这不是在拉低男选手的水准吗？

前面提到的选秀节目导演，可能会觉得安排陈奕迅与男选手合唱会提高收视率，然而你付出的代价就是矮化了男选手。一个选秀节目，如果不能制造明星，而是为了短期效应，把看点放在现有明星上，那么这个节目的凝聚力一定不强。可以说，很多选秀节目都是这样操作的，愿意花大价钱请明星参加演出，或者做嘉宾。只有《星光大道》反其道而行之，自己制造明星。

当然，如果是一位女选手来唱《十年》，导演有可能安排陈奕迅助演，那样不会把女选手比下去，观众只会觉得这样合唱很有趣。

另外，唱完歌之后，主持人与选手交流时，也是要以选手为中心。介绍选手时绝对不会几句带过，更不会围绕助演明星做文章，那就是跑偏了。

如果一切以参赛选手为主角，这不就是在造星吗？

在2014年的金鹰节开幕式上，何炅说了这样一句话，《快乐大本营》是把明星变素人，而《星光大道》是把素人变成明星。

二者相比，哪个更难操作？

自古以来，锦上添花的人太多，雪中送炭的人太少。已经是明星了，设计一些东西让他们更出色，这并不难。而对于有些才艺的普通老百姓，通过各种努力，把他们捧红，那才是了不起。

所以《星光大道》的定位就是百姓舞台。

中国老百姓那么热爱《星光大道》，这才是最根本的原因。

《星光大道》的造星术，总结起来就是"以人为本"。我再讲几个例子，来说说它与别的栏目的区别。

近两年看过《星光大道》的朋友，一定会注意到，片头出现了多位明星在唱歌的情景，有凤凰传奇、李玉刚、杨光、阿宝、玖月奇迹、刘赛、刘大成等，每人一句半句的，凑成了一个片头。

片花用的也是这种方法。许多《星光大道》的知名选手出现在"闪亮登场""才艺大比拼"这种栏目环节的片花里，当然，内容需要与主题相对应。这样，观众经常能看见这些知名选手，会对节目更有认同感。

另外，从2011年起，《星光大道》演播室的两侧挂起了当年新晋月冠军的大头像，这又是一种"以人为本"的体现，而且更有时效性，也让那些月冠军更有自豪感。

其实之所以会产生这个创意，最初是因为《星光大道》的舞美设计师被频道的领导批评，说现场两侧挂了"星光大道"这几个汉字，而在镜头上，这些汉字会出现在画面的远景里，又经常不能完整地呈现出来，画面中出现的要么是"星光大"，要么是"光大"，等等，不好看。这个意见很中肯，在演播室现场两侧，尽量不要出现中文词汇，在画面呈现上可能会被截断。

那个时候，演播室两侧还没有LED大屏幕，所以当大家提议挂上月冠军头像的时候，大照片、大星星都是用细绳挂上去的。后来两侧出现了电子大屏幕，照片就打上去了，也就不用星星来填补空白了，毕竟电子排版很容易，也更美观。

还是有钱有设备好啊。

而在月赛的时候，按照《星光大道》的规定，本年度的那些新晋月冠军都要来参加活动，一般是在开场时唱首歌曲（比如2014年9月我导演的那期月赛，开场是由之前的月冠军们齐唱《我的祖国》，因为国庆节要到了），比赛开始后坐在嘉宾席后面。这些做法，增加了优秀选手的出镜率，也使他们更有荣誉感。

对于选秀节目的导演来说，首先要具备好眼光，也就是判断力。是不是好选手、有没有潜力，自己要能看得出来。而《星光大道》的导演，在判断力方面，的确和很多栏目的导演不一样。有些栏目不认可的选手，却在这里大放异彩，成了明星；而在有些栏目已经拿了重要名次的选手，却在《星光大道》这里连周冠军都拿不到。

当然，不同栏目所需要的选手类别也会不同，而《星光大道》最需要的就是有特色的选手。

举个例子，在2011年春天，《星光大道》在央视老台录像的时候，旁边的演播室，一个类似的央视选秀节目也在录像。那天，一位男选手被淘汰，没有进入下一轮，正当他沮丧的时候，《星光大道》的一位女导演主动对他说，愿不愿意来《星光大道》参赛？

他当然愿意了。

过了两个月，他来参赛，一路过关斩将，闯入总决赛。

这个人就是陆海涛！

陆海涛的模仿功力，已经超越了早期《星光大道》的杨光，以及中期的石头，达到了炉火纯青的地步，堪称《星光大道》模仿秀第一人。更绝的是，陆海涛还能够模仿《星光大道》众多的知名选手，在他进行模仿玖月奇迹的表演时，玖月奇迹就坐在前排，大家笑成一团，他模仿得太像了。

陆海涛成了当红明星，可当初在别的栏目中甚至无法在月赛中晋级。

或许，《星光大道》的选人标准与别的栏目不一样吧，像《中国好声音》看重唱功，而《星光大道》是考量选手的综合实力，当然，更要看选手是否有成为明星的潜力。

古语道，千里马常有，而伯乐不常有，《星光大道》栏目组的几位导演就是众位伯乐。

少年时代，我爱看西方古典名著，比如《红与黑》《复活》等。记得一位评论家说过，经典纯文学小说与流行小说的区别在于：前者的重点在于刻画人物，后者的重点在于讲故事。

就像看电影。好莱坞的枪战大片真的很热闹，然而看完就忘了内容，尤其是主人公的个性不鲜明，比如《速度与激情》。可是那些文艺电影，主人公的个性很鲜明，比如《罗马假日》。

然而你有多少兴趣再去看一遍《速度与激情》？

可是《罗马假日》呢？你是否像我一样，买了光盘，作为纪念，

第 7 章 ／璀璨：造星神话《星光大道》

偶尔还会翻出来看一遍？你是否像我一样，永远难忘那位绅士的男记者，和那位美丽可爱的公主？

综艺节目也是如此，只有经久耐看的节目和选手，才会让人不断回味，比如《星光大道》的刘赛，就像《罗马假日》中那位美丽可爱的公主一样，永远散发着迷人的光辉，让你一生难忘。

2012年8月，成都，《星光大道》第一次公开召开海选的新闻发布会，由央视网直播，我是新闻发言人。在发布会上，我说了《星光大道》的选手标准：独特的声音，独特的表现力，以及较好的观众缘。

后来，我负责紫檀主持的《星光大道》在央视网直播的海选工作，我也一再跟紫檀强调，海选除了挑选手，还要告诉观众"《星光大道》的选手的门槛在哪里，一位歌手入选或者落选时，导演要给出明确的理由，这样大家才知道今后该如何努力"。

《星光大道》的造星术，还包括赋予选手一个合理的身份。

关于《星光大道》的选手身份，网上曾经有过质疑，有人指责《星光大道》造假，说有些选手不是农民，而是职业歌手，但是被包装成了农民。还有些人不是饭店服务员，却以服务员的身份登台。再有就是编故事，明明没有悲惨的故事，却硬编出悲惨的故事来感动人。

据我了解，节目不存在造假，但是这里有个"身份角度"的问题。

比如陆海涛，本来就是哈尔滨一家饭店的厨师出身。他私下跟我

逆流顺流 ／ 我的电视时代

讲过，他在一家饭店做厨师时，那家饭店会在晚上安排歌手唱歌。可有一天歌手没来，陆海涛临时顶替，结果一鸣惊人。然而他还在做他的厨师，毕竟唱歌的工作不固定，收入也不稳定。

那么，陆海涛算不算厨师？

更令人难以接受的，居然有人质疑刘赛，说她不是盲人，真让人难以理解。刘赛夺得《星光大道》总冠军后，曾到北京同仁医院接受全面检查，试图寻求治疗方案。然而，同仁医院的专家为刘赛检查后说："这种视网膜瘤治不了，换角膜也没用，只能一辈子做盲人。"

看过残奥会比赛的人知道，盲人也分等级，刘赛属于几级我不清楚，但刘赛是盲人这一点是确定无疑的。刘赛在生活中有一定的自理能力，那是因为她有一点点光感，另外刘赛从小就接受父亲的强化训练，使她很自信、自立。比如她的方向感很强。刘赛告诉我，走过一遍的地方，她基本就能记住方位。

在《星光大道》中胜出的旭日阳刚、大衣哥、草帽姐等等，都是来自农村的老百姓，都有过略显贫寒的农村生活。在来《星光大道》的时候，他们多少也有过一些演出经历——比如在地下通道内唱歌，为农村的红白喜事演出，或者参与当地的小规模演出，可是他们依然是农民。

再说，如果真是一位纯粹的农民，没有任何演出经验，天生就唱得非常好，像歌唱家那样——好像这也不太可能。

在武侠小说中，经常会说深山中隐藏着一位武林高手，与世隔绝，从未与人交手，可那是小说。

第 7 章／璀璨：造星神话《星光大道》

比如在围棋界，世界顶级高手，都是在众多激烈的比赛中拼杀出来的，从来没有哪一位绝世高手，是隐藏于民间，偶尔出现便名扬天下。2000年，中国刚有网络围棋的时候，就出现了一位网名为"龙飞虎"的高手，打败网上所有的棋友。那时候，就有专家指出，这个人一定是国家队的专业棋手，不可能是民间老百姓。果然，最后查出来，是国家队的丁伟。

至于"编故事"，在我了解的范围内，《星光大道》没有生编硬造选手故事。每个人的经历都很丰富多彩。其实特意选取某一个节点，可能就会挖掘出一个好故事，如果观众觉得精彩动人，那也是因为编导挖掘到位。

同样一位选手，不同的栏目组，会挖掘出不同的故事。同样的故事，不同的讲述角度，也会产成不一样的效果。站在相同的角度讲同一个故事，如果讲不明白，多了一句话，或者少了一句话，也会让效果打折扣。

其实《星光大道》讲述的都是选手的生活故事，基本都是导演组挖掘出来的，然而由于选手都是普通老百姓，很朴实，不会讲故事，这就需要经验丰富的导演来辅助选手把自己的故事讲明白。

说到底，《星光大道》是一个擅长讲故事的栏目组，在挖掘选手的故事方面，做得非常到位。而挖掘选手的故事，正是"造星"的关键一招。

特色最重要

参加《星光大道》的选手，最关心的就是如何取得好成绩，这是个技术问题，不过很多资深观众也能看出门道来。有一位叫田野的资深粉丝，经常在网上预测比赛成绩，也总能预测得八九不离十，这说明他深入研究了《星光大道》。

《星光大道》选手的成绩由现场的11位评委打分评出（有时会是13位，总之是单数，每人投票选出淘汰者，得票数最多者在本轮淘汰），他们由3部分人群构成：观众代表、媒体代表、往届选手。

一般而言，要想拿好成绩，得在这几方面加强，先以周赛为例。

首先，在第一关的"闪亮登场"环节，要唱一首快节奏的熟歌，一下子打动人。这首歌曲如果有一定的难度，那就更好了。

第二关的"才艺大比拼"，最好有绝活，让人眼前一亮。不过，唱歌好的，通常才艺不佳。《星光大道》毕竟还是比唱歌的节目，如果在第一关唱得非常好，在第二关的才艺稍微逊色，也能勉强过关，因为评委们会综合两关的成绩进行考查。

第三关是"家乡美"。选手们来自全国各地，展示具有家乡特色的风土人情，这一关很好看。比如各地的戏曲、舞蹈。其实，"家乡美"就是中国美，是在展示中国各地的丰富文艺作品，而全国各地，就构成了美丽的中国。在这一关，地域特色越明显越好，当然，选手最好能超越以往与自己来自同一地域的选手。

第四关是"超越梦想",一定要唱一首很有难度的歌曲,否则难以获胜。

国内的唱歌类比赛节目很多,每个节目的选拔标准也不一样,这都是由节目定位以及长期的积淀来决定的。唱歌本来就是一种艺术行为,不像体育比赛那样有固定标准,但是每个节目的风格也不一样。一个歌手,要根据自己的特长,参加更适合自己的节目,那样才能拿到好成绩。

举个例子,如果是一位学院派选手,受过良好的音乐教育,字正腔圆,唱起歌来很像阎维文或者宋祖英那样的演唱风格,那就应该参加青歌赛,毕竟那是专业比赛。

《中国好声音》也是竞技性栏目,它更注重流行歌手,注重唱功,也捧出了一批明星,不过有些成名选手的锋芒,并没有盖过导师。

《星光大道》强调的是接地气,强调五花八门的个性,强调与众不同。而总决赛,更像一台大戏,各种风格、各种类型的选手济济一堂,贡献一台精彩的晚会。

这个节目就是为老百姓量身定做的,它捧出的选手非常接地气,并且独具特色,广受赞誉。

从阿宝开始,有了"原生态"这个概念,唱陕北民歌的,再不会有人超过他。

凤凰传奇,红了十多年,男女组合方面,无人能出其右。

李玉刚,被称为"当代梅兰芳"。

杨光,在北京残奥会上唱响全世界,而他幽默的模仿技艺更是令人拍案叫绝。

阿尔法，成了童星的代名词。

旭日阳刚，一首《春天里》，唱得多少人泪流满面。

刘赛的美丽开朗，玖月奇迹的双排键器乐弹奏以及俊男靓女的出众外形，陆海涛的模仿……

《星光大道》拥有太多的个性明星。

所以，个性表演，才是制胜之道。当然，唱功也要好。不过，同样是唱歌，要唱出自己独特的味道，才会让人记住。

然而，绝大多数选手都不具备以上那些明星的实力，如果想尽可能走得远一些，恐怕就需要运用一些排兵布阵的技巧。

比如，有实力拿冠军的选手，一定要把最能展示实力的那首歌放在最后。与此相反，没有把握拿冠军，只能走两三关的选手，就要把自己最拿手的歌曲放在第一关，过一关是一关，这和田忌赛马的道理一样。

另外，变化多端也是制胜之道。如果选手同时会唱民歌、流行、美声类型的歌曲，那就为自己增加了一些印象分。比如有位湖南女选手名叫曾子茹，绰号"小李谷一"，因为她的外形与歌声，都很像李谷一，这就会给评委留下好印象。更有趣的是她还会唱大嗓门儿的《山路十八弯》，尽管她的总体实力并不是特别强，但是仍然闯进了月赛，而且给大家留下了很深的印象。

第7章 ／璀璨：造星神话《星光大道》

特色，就是"实力"的重要组成部分。

在才艺方面，也要尽量营造热闹的氛围，比如展现大阵势，或者新手段，都会加分。

2013年的时候，有一个组合叫五步蛇，她们拿出了高超的影子舞，这在当时的国内还很罕见，因此成绩不错，打进了总决赛。当然，几个美女的颜值很高，身材很好，这也是晋级的关键因素。《星光大道》拼的是总体实力，能让人记住，就是胜利。

2012年的年度分赛，有一个菁英组合，其中男成员廖菁与孙楠的外形高度相似，也会唱孙楠的歌曲。他们在与主持人交流时，即兴演唱了一段无伴奏和声《蓝精灵》，得到了嘉宾蒋大为的高度赞扬。蒋大为说："现在的这些组合，都会扯着嗓子唱大歌，却不会这种轻灵的无伴奏小和声，你们凭借这一首，就有拿冠军的实力！"

最后，菁英组合果真拿了该场分赛的冠军，进入了年终总决赛。

节目好才是硬道理

2012年以后，《星光大道》的整体舞美设计有了提升，使电视画面漂亮了很多。这也是在央视一套播出的缘故，节目经费涨到了大约每期60万元，这可是一笔大数目，要知道，一直到开播的第8年，也就是2012年，《星光大道》每期的节目经费都只有19万元。

不同的电视团队，对综艺节目有着不同的制作理念。《星光大道》的节目理念，就是重视真实自然，重视前期策划，重视主持人与嘉宾和选手的交流串联，重视细节，重视工作效率。当然，最重视的就是结果：收视率。

相反，有很多电视人与《星光大道》制作团队的理念不同，央视有位著名的执导过多次春晚的大导演，重视的是舞美包装，重视的是大场面，因此，你看她负责或者执导的节目，都是画面精美、大阵势，可惜，收视率都不如《星光大道》。当然，人家可能觉得《星光大道》太土气，不够美，不够时尚。

在有些制片人眼里，所谓综艺节目，最主要的就是请来大明星。至于节目的细节策划，根本不重要，尤其是主持人的交流内容，根本无所谓。其实那是过去的文艺晚会的理念，而综艺节目更注重策划内容。

比如某个以"奔跑"为主题的综艺节目，虽然拍摄得有些粗糙，但不可否认，节目在前期策划方面很下功夫。那些桥段都很有趣，让明星彻底回归为素人，这才是成功的关键。

有人曾说，电视综艺节目的寿命只有3年，过3年了就要进行大幅度的改版。可是《星光大道》11年来没有大的调整（2004—2015年），依然很受欢迎。不过，《星光大道》一直在做小的调整，正是这些调整，让节目越来越好看。

对于电视节目，有的领导重视舞美设计，有的重视宣传，有的重视上级意见，有的重视大牌嘉宾。而《星光大道》团队就是紧抓节目制作的各个环节，尤其是核心内容部分。其实，节目本身好，才是硬道理。

他们最可爱

很多《星光大道》的选手，都通过在节目中脱颖而出而改变了命运。"丑小鸭变天鹅"的故事，经常在《星光大道》上演。

旭日阳刚大家都很熟悉，而刘赛和杨帆也是因《星光大道》而改变命运的传奇人物，刘赛是2011年《星光大道》决赛的总冠军，杨帆是2014年的总冠军，一个是拥有着天使般灿烂笑容的盲女歌手，另一个是了不起的悲情英雄。

天使刘赛

2011年7月，已经退休的央视原文艺中心主任邹友开给《星光大道》制片人打电话，建议他去杭州挑选手，说那边有几个人很不错。制片人带着我和制片主任同行。

我们观看了杭州当地的一台演出，优秀歌手的确很多。节目中间，一个活泼可爱的女歌手吸引了我们，她就是盲女刘赛。

刘赛上场时，我们都没注意到她是盲人，因为舞台两侧的入口的地面是平坦的，不需要上楼梯。而且刘赛两旁各有一个女舞蹈演员，三个人拿着一根竹竿扭动着上了台，这样是为了不让大家一开始就发现刘赛是盲人。

刘赛唱完后，依然露出那个可爱的笑容，很甜很美。

当主持人介绍她是盲人歌手时，全场震惊，我们三个人也很惊讶。因为刘赛又漂亮又可爱，自信大方，乐观开朗，歌声也甜美。我还记得当时我的眼里噙着泪水，太震撼了！

演出结束后，我们三个人迅速开会讨论，一致看好刘赛。

随后，制片人让我立即见刘赛，要进一步了解她。而他就在旁边观察。制片人还提出，不要向刘赛告知他的身份，因为这样才能看出刘赛的真实性格。于是工作人员把刘赛带到我们吃饭的包间里，当时席间坐着很多人，制片人和几位领导在里面就座，我在外面。刘赛和扶着她的人进来后，坐到我身边，大家都不说话了，很配合，知道这是栏目组在"面试"选手。

后来刘赛告诉我，她还以为我是哪个媒体的记者呢，因为她看不见屋里有谁，不知道大家要干吗。

我详细询问了刘赛的家庭情况、兴趣爱好。原来她是来自张家界的土家族女歌手。4岁时患上视网膜瘤，14岁时眼睛全盲，仅有微弱的光感。

最打动我的是，她说她现在很想挣点钱，好报答父母，这种真情实感最吸引人。我又问了她如果参加《星光大道》，会准备哪些节目。

我现在还记得，满屋子的人，没有一点声音，大家都很配合，静静地看我采访，这样才能让制片人集中精力了解刘赛。而且那时我就注意到，刘赛与别的盲人不同，她刻意不让别人发现她是盲人，比如说话时，她用眼睛看着我，而不是把耳朵伸向我。这源自刘赛小时候受到的父亲的教育——不需要别人的同情，自己做好一切。

第 7 章 ／璀璨：造星神话《星光大道》

我也根据自己的兴趣，问出刘赛是 AB 血型、水瓶座，乐观开朗又聪明。

那天，《星光大道》的制片人跟刘赛做了简单的交流，鼓励她好好准备，尽早来参加节目。

后来刘赛告诉我，其实她是第一次到那里演出，如果我们早一天来，就不会见到她，估计她也不会参加《星光大道》了。

漫漫人生路，偶然中，就有必然。

刘赛的周赛节目是《星光大道》经典中的经典。

刘赛在参加《星光大道》的周赛比赛时，第一轮下场时在侧面的台阶上一脚踏空，好在被人扶住，没有摔倒，可是她满不在乎，估计以前摔习惯了。

像我们健全人，如果蒙住眼睛往前走，一定会害怕黑暗。而作为已经习惯了黑暗的盲人，怕的不是黑暗，怕的是无法融入这个社会。

为了练舞蹈，刘赛拼尽全力。因为第二轮的才艺大比拼，刘赛是在一个直径一米五的大鼓上跳舞。

跳完之后，主持人才揭晓，原来刘赛是盲人，震撼全场。

第四轮，刘赛在台前唱着《望月》，歌声中，后面的大屏幕打开，刘赛的父母出现，全场响起掌声。只有刘赛自己不知道父母的出现。而这个是导演的秘密安排，为了给刘赛一个惊喜。

刘赛和父母激动地拥抱在一起时，主持人说："我这个人，泪腺有问题，几乎从不落泪，但是这一刻，我几乎要落泪了。"

关于刘赛，有太多的传奇！

2002年6月，刘赛初中毕业，她决定报考湖南艺术职业学院。可是这个学校是不可能招收盲人的。

在妈妈的陪同下，刘赛提前一天把考场走了一遍，熟悉了方位。哪个方位是评委，需要上前走多少步，哪个方位是观众席，离她有多少步的距离，这些都事先计划好。因此，尽管什么都看不见，刘赛依然对招考现场整个房间的布置情况一清二楚，她投入地演唱，唱完后微笑着向老师鞠躬、退场。一切都是那么的从容与自然，没有人发现她的异常。几天后揭榜，刘赛以专业第五名的成绩被湖南艺术职业学院音乐系录取。

上学后，老师们才发现她是盲人，于是就劝她退学。刘赛全力争取，她说："你们不就是担心我跟不上学习吗？不就是担心我会拖累同学吗？首先我的生活可以自理，另外，给我一学期的时间，如果我跟得上，请留下我！"

一学期后，刘赛不仅在校期间能独立地照顾自己，而且学习成绩居然排在系里的第二名，她由此顺利地通过了学校的考察，成为湖南艺术职业学院建校以来第一个声乐盲生。

刘赛一路过关斩将，最后获得了2011年《星光大道》的总冠军。而且总决赛的收视率创了《星光大道》有史以来的最高纪录，3.82%，这个纪录估计永远也不会被打破。

刘赛成了《星光大道》永远的传奇！她的歌声甜美，形象靓丽，而且总是露出阳光般的微笑。

喜欢刘赛的观众太多了。

2013年夏天，我回哈尔滨探亲，遇到一位在黑龙江省人民防空办公室工作的朋友，他说："我们全家都喜欢刘赛，我喜欢，我儿子喜欢，我父母也喜欢……"他越说越激动，我一听，干脆一个电话打给刘赛，用免提，刘赛大大方方地问候了这位朋友。这位朋友特别激动，立刻给家里打电话，叙述刚才的过程。是啊，天使一般的刘赛，当然有很多人喜欢。

另外，刘赛的爱情故事也很传奇。

在她拿到总冠军之后，2012年，有一次她去外地演出。到了晚上，饿了的刘赛用她的盲人手机发了一条微博：我想吃蛋黄派。

结果到了凌晨，一个河南小伙子，坐了一夜火车，居然找到了刘赛，送来了一盒蛋黄派。

后来这个小伙子成了刘赛的男朋友，二人非常恩爱，感情很深。不过大家都记不住小伙子的名字，一直叫他"蛋黄派"，年龄小一些的朋友都亲切地叫他"派哥"。

"蛋黄派"姓汤，从事通信工程工作，很朴实，比较内向，也很成熟。他看刘赛的眼神，永远充满了崇拜与爱慕，充满了温柔。生活中，他也非常照顾刘赛，从很多小细节中，都能看出他对刘赛充满了爱意。我记得一个场景，大家在说笑，而他耐心地给刘赛剥橙子，然后递给刘赛。

不过，也有人给我讲过刘赛的"坏话"——她喜欢"折磨""蛋黄派"。那就是在生活中，偶尔有个小矛盾，口齿伶俐的刘赛，就会"训斥""蛋黄派"，而"蛋黄派"本来口才就不好，紧张时更是说不出完整话。这个时候，刘赛往往是哈哈大笑，仿佛这是最快乐的事情。

其实，"折磨"自己心爱的男人，本来就是女人生活中的一大乐趣。在2015年底，他们两人领了结婚证。

2015年的时候，有一次我问刘赛："你现在还吃蛋黄派吗？"

刘赛爽快地回答："不吃了，他们说这是垃圾食品，对身体不好。"

我说："这句话，从你嘴里说出来，可不太好啊，因为蛋黄派有别的含义啊。"

刘赛尴尬地笑了："哦，这个我没想到。"

2015年夏天，我与妻子去张家界旅游。刘赛得知后，还发语音微信"批评"我："薛老师，太不够意思了，去张家界怎么不告诉我一声，总得让我爸妈请你吃顿饭啊。不过我爸妈这几天在北京呢，还真请不了你。"然后就是咯咯地笑，真可爱。

记得刘赛刚得总冠军那会儿，她还悄悄对我说："我妈说了，你长得很年轻！"

刘赛可真有趣。

《星光大道》的女选手中，我最喜欢的就是刘赛，与刘赛的关系

第 7 章 ／璀璨：造星神话《星光大道》

也最好，我们像师生，也像兄妹，平时几乎无话不谈，也经常通过微信联系。在我看来，生活中的刘赛，就是一个快乐的小天使。有时候，我都觉得自己的心理有问题，可是刘赛，心理非常健康。

当我在工作或生活中遇到困境时，总是拿刘赛乐观、坚强的精神激励自己。而刘赛在工作中产生疑惑的时候，也总是找我商量，非常信任我。

比如在2013年《星光大道》总决赛录制之前，刘赛给我打电话："薛老师，跟你商量个事情，我可不可以不去参加今年的总决赛，主要是有人在那天给我安排了个商演，费用很高，您知道我平时的收入不多，而且，今年的总决赛，也没安排我唱歌。"

刘赛虽然得了总冠军，但毕竟是盲人，商演并不多，公益演出倒是很多。

我说："不行，你必须去参加总决赛，你是往届的总冠军，来总决赛做嘉宾是节目程序，也是你的义务，体现的就是星光大团结。我能体谅你赚钱不容易，可是这次不行。即使没安排你唱歌，你也要一直坐在那里。"

刘赛马上表态："好的，薛老师，我听你的！"

刘赛的性格非常阳光，很大气，识大体，顾大局，天生是个大人物。

悲情英雄

2014年3月份，我来到演播室，紫檀正在主持央视网直播的《星光大道》海选活动。这个部分的内容由我负责，除了挑选周赛选手，海选的作用还类似于足球正式比赛前的垫场赛。

当时是晚上九点多，《星光大道》即将开场，主持人已经准备就绪。我问紫檀："还有几个选手没上？"

紫檀说："只有一个了，从外地来的男选手。"

我说："没时间了，以后再让他上吧。"然后我对那位已经拿着话筒，准备登场的海选男选手说："你从哪里来的？"

答："山东。"

我说："今天时间不够了，以后再给你安排吧"。

那位男选手"啊"了一声，愣住了，看了一眼紫檀，只好转身走了。

后来紫檀告诉我："这个人就是杨帆，他获得了这一年的《星光大道》总冠军，你薛宝海当初居然都没让人家参加海选。"

过了几天，我了解到，提前已经有导演看好他了，这次让他参加海选，主要是为了让他熟悉一下这个舞台，可惜被我拦住了，失去了一次锻炼的机会。不过我也是为大局考虑，因此才决定不让杨帆参加这次海选。其实主要原因是，那个时候刚有央视网海选直播，我对选手人数和总体流程没有把控好，导致时间拖沓，这倒是我的责任。后

第7章 ／璀璨：造星神话《星光大道》

来我做了调整，减少了人数，流程也变得更简单了，就再也没有出现过已经从外地来的选手，被拒绝登场的事情。

这事儿也算"奇闻"，这一年的总冠军，居然当时都没有被允许参加海选。因此，紫檀后来总埋怨我："都怪你，如果杨帆上了央视网海选，至少我这块儿海选还选出来一位总冠军，那多好。"

没办法，时间不够了。

2014年《星光大道》的总冠军杨帆有个外号，叫"不笑哥"，因为他在场上从来不笑。他很幸运，获得总冠军后，又参演了2015年央视春晚的小品《高手在民间》。

杨帆在山东烟台的一家酒店打工，做服务员，母亲和姐姐在黑龙江老家，都靠他养活。尽管杨帆话不多，但是我对他的印象很好，觉得他很朴实，是个好小伙。

杨帆在参加周赛时，主持人在台上问他"为何不找对象"，杨帆解释说，原因是家里困难——父亲去世前，为了治病，欠了不少钱，现在妈妈身体不好，要靠自己赚钱养。不希望姑娘一进门，就帮自己背债。

主持人说："那如果是个条件好的、有钱的姑娘看上你了，那多好啊，解决了你的实际困难。"

杨帆回答："在我眼里，只有男人养女人，不能女人养男人！"

现场说这句话的时候，台下响起一片掌声。现场嘉宾点评道："杨帆，你这句话是不对的，只要有感情，就不要用传统的眼光看——但是，你这样说，我还是很喜欢的。"

周赛里最感动人的，是杨帆与妈妈合唱《母亲》，很多《星光大道》的工作人员都难忘这首歌，我觉得他们娘俩的演唱效果已经超过了原唱，几乎像旭日阳刚唱《春天里》一样震撼全场。杨帆的妈妈是女中音，她的声音没有经过任何雕琢，很有感染力，从外形上看，她就是一个朴实的东北农村妇女，在这场合唱中，杨帆妈妈表现得更出色。

杨帆在月赛、分赛中，都和妈妈唱了这首《母亲》，可惜参加总决赛时没有唱，因为总导演觉得唱的次数太多了，电视观众已经很熟悉了。我感觉很遗憾，因为总决赛的嘉宾与评委，未必听过他们母子的这首合唱。更何况，精彩的内容，不怕多次重复，看旭日阳刚，不就是看《春天里》吗？

虽然没有在总决赛唱《母亲》，但是杨帆的整场表现极其震撼人心，无论是他的歌喉，还是他动人的真情表露，都征服了现场所有人，最后无可争议地获得了2014年《星光大道》总冠军。

在这期总决赛里，最大的笑点，以及最大的泪点，都来自于杨帆。

在2014年《星光大道》总决赛第一关的交流中，主持人问杨帆："你现在当副总了，每天都做什么呢？"

"什么也不干啊。"杨帆直愣愣地回答。

"那你总得检查工作吧——这样，小白鸽（同样出自《星光大道》的女演员）来演你的员工，上班时间玩手机，你现在就是老板，来检查工作，我看看你是怎么工作的。"主持人说。

第7章 ／璀璨：造星神话《星光大道》

"好吧。"杨帆很听话。

杨帆检查工作,员工小白鸽玩手机,遭到批评。杨帆问小白鸽挣多少钱,答说挣3000多元。

"那减去吃喝的费用,再减去我罚你的,你一个月还能剩多少?"杨帆问。

"一个月还能剩一万多。"小白鸽满不在乎地说。

"为什么呢?你这账是怎么算的?"杨帆很不解。

"你是谁啊?"小白鸽问。

"我是老板。"杨帆说。

"因为我儿子是老板,每月孝敬我一万多。"小白鸽说。

全场哄笑。

杨帆觉得很不公平。"占便宜谁不会啊,有能耐让她来检查工作,我是员工。"杨帆说。

主持人同意了,二人互换角色,第二番对话开始。

小白鸽即兴加戏,先是踢了杨帆一脚:"干什么呢?你给我老实点。"

杨帆很委屈:"刚才没这段啊?!"

主持人安慰他:"没事,现加的,你接着来。"

小白鸽:"上班你玩手机,我要罚你钱!你一个月挣多少钱啊?"

杨帆:"3000多。"

小白鸽:"挣3000多?!那减去吃喝的费用,再减去我罚你的,你一个月还能剩多少啊?"

逆流顺流 / 我的电视时代

"剩一万多！"这时候杨帆来了底气,他准备要说那句"占对方便宜"的话。

小白鸽:"剩一万多?你这账是怎么算的?"

杨帆非常得意地说:"那你是谁啊?"他等着小白鸽说"我是老板"。

小白鸽:"我是谁啊?我是老板他妈!"

观众哄堂大笑,杨帆急了:"刚才她不是这么说的!不是这词儿!"

主持人也哈哈大笑。

这个段落,成了2014年《星光大道》总决赛的最大笑点。

有句话说得好,上帝让一个人成功,一定有它的道理。杨帆能够夺得最后的总冠军,源于他的整体实力。这个整体实力,包括他的唱功——他的唱功绝对是这一年里的选手中最好的,还包括他的悲情英雄一般的独特气质。

杨帆在总决赛第一关的交流故事,就是前面提到的"检查工作"。到了第二关,主持人采访了杨帆的妈妈,杨帆妈妈说:"我儿子小时候就特别懂事,他爸爸有病,家里欠了不少钱。记得杨帆十六七岁的时候,突然失踪了3天,回家后拿出了200元钱。我一看,杨帆胳膊上都是伤,我问他钱从哪里来的。杨帆说到工地当力工挣的,我当时就哭了,觉得自己对不起儿子,他这么小,就吃这些苦。"

妈妈含泪说完故事之后,主持人看着杨帆,杨帆含着泪说:"儿子做得不好，让妈妈受苦了，等儿子有出息了，一定回到妈妈身边，一辈子守着您！"

全场一片哽咽声。

在最后一关，杨帆演唱的《烛光里的妈妈》震撼了所有人。

结尾的时候，是阎肃宣布成绩，当他读出"总冠军杨帆"的时候，杨帆"啊"地大叫了一声，右手使劲挥舞了一下，然后与旁边的母亲和姐姐紧紧地拥抱在了一起！

据说，在杨帆获得 2014 年《星光大道》决赛总冠军的那个晚上，他和妈妈、姐姐 3 个人，坐在宾馆的房间里，拿着总冠军的奖杯，一会儿开心地笑，一会儿抱在一起哭，一夜无眠。

英雄，其实从来都是那些不畏苦难，在磨砺中奋发向上，获得成长的人！

旭日阳刚

旭日阳刚是《星光大道》的标志性人物之一，他们唱的《春天里》，格外感人。在 2010 年总决赛的时候，阎肃说："《春天里》这首歌，是给你俩写的！"

参加完总决赛，旭日阳刚组合又登上了 2011 年的央视春晚的舞台，红极一时。然而春节一过，就起了风波，先是原唱者发声明，禁止他俩唱《春天里》，因为旭日阳刚未付版权费。继而又传出旭日阳刚组合闹解散,真是祸不单行。

在《星光大道》八周年庆典上,旭日阳刚重唱《春天里》,而且总导演制作了一个交响乐版本的《春天里》,恢宏大气,有新意、有气魄。

回头来看,旭日阳刚的成功,真的是像老天爷赏赐的一样。王旭与刘刚都是典型的农民工,在北京艰难生活。刘刚说他最困难的时候,都没钱买馒头,只好把锅卖了,才有几元钱买馒头。我问王旭,他们在地下通道唱歌,最少收过多少钱。王旭想了想说:"两元钱,因为那天下雨,大家匆匆赶路。"

王旭是河南商丘人,喜欢唱歌,但是收入一直很少。他跟我说,有一次过年回家,爱人埋怨他赚得少,王旭一生气,春节后没几天就回北京了。在北京住了一夜后,嗓子哑了,因为郁闷难过,上火了。可是没办法,还得去地下通道唱歌,一开口,就是现在这种有磁性的男中音了,因祸得福。

遇到刘刚后,二人组合在一起,共同发现了《春天里》。王旭特别喜欢这首歌,他跟刘刚说,要是哪一天我死了,你就在我的骨灰盒里放上这首《春天里》的录音带。

我问过王旭,当年没红的时候,打算过将来吗?有何梦想?王旭说,他的梦想就是攒些钱,买辆二手车,在北京当黑车司机,那样就很满足了。

2017年的时候,王旭跟我说,他现在的梦想是开一家羽毛球馆,因为他非常喜欢打羽毛球,只要有时间就会去打。

第 7 章 /璀璨:造星神话《星光大道》

我跟王旭、刘刚私下里关系很好，两人都很朴实，也很讲义气，真的很热爱音乐。当年有一些人为了私人利益，挑拨他俩，让旭日阳刚之间产生过一些误会。还好，一切都过去了。

2010年12月份，我刚来《星光大道》，他俩还帮过我的忙。那时候我还在央视一套的《我们有一套》栏目组工作，我邀请他俩来《我们有一套》唱歌，他们来了。要知道，那可是旭日阳刚最走红的时候，邀请的栏目排着长队，所以我很感激他们。而在他俩遇到困难后，我拼全力地协调帮忙，多少也有回报的心理。

2011年6月，我在北大教授的最后一堂课结课，刘刚还作为嘉宾来到了课堂上，跟学生们见面，在现唱演唱了《春天里》，让我很有面子。

2014年3月的一天，在足球场边。王旭对我说："薛老师，我们想回《星光大道》唱歌，去年一次都没回去过——您帮着安排一下吧。而且我想尽量两人一起回，我俩现在完全和好了。"

我说："去年你俩回来助演过一次。"

王旭乐了："这您还记得。"

我说："你俩也有责任。导演们以前找过你俩，你们几次都说有事，人家就不愿意找了，再找就好像欠你们人情一样。现在好选手特别多，导演们可选择的余地大，不找你们也可以理解。好吧，我跟导演们说说吧，等有合适的机会就安排。"

经过争取，那一年，旭日阳刚回到《星光大道》，在开场时进行表演、参与助演共计五次。

收视率创新高

有句广告语是：没有最好，只有更好！这句话可以用来形容央视《星光大道》的收视率。2010年《星光大道》总决赛的收视率是3.61%，超过了当年央视三套的元宵晚会，也创造了《星光大道》开播6年以来的最高收视率纪录，当时已经有人预言这将是永远的最高纪录，因为这几年，地方卫视高歌猛进，在娱乐节目方面抢占了很多收视率，那么再有突破就很困难了。然而就在一年后，还是这个时期，2011年《星光大道》总决赛，就创造了3.82%的惊人收视率，比去年高了0.21%。

这一成绩，也是那一年（2012年）的全国综艺节目收视率之最。

2011年《星光大道》总决赛，总时长长达4个小时。这么长的播出时间，而且是在周日晚间播出，很多人第二天还要早起上班，然而在这样的情况下，收视率仍然一路坚挺。颇有意味的是，2011年《星光大道》总决赛的收视率也险胜了本年度央视三套的元宵晚会，超出不多，表面看二者旗鼓相当，可是看了2012年元宵晚会的人都知道，这台晚会最受欢迎的节目是刘大成与石头的模仿秀，而这二人正是《星光大道》前一年（2010年）的冠军与季军。另外还有《星光大道》的标志性人物李玉刚在元宵晚会上表演了节目，以及2011年刚刚参加完《星光大道》总决赛，获得第五名的正当红的朱之文，也在元宵晚会上献艺。

2012年的央视春晚亦如此，李玉刚等出自《星光大道》的明星也参加了演出,这些都是当代歌坛正在走红的"重量级人物",他们的加盟当然对春晚益处多多。其实,不光是春晚和元宵晚会这种每年一次的大型晚会,就连在央视三套的其他常态类栏目中,也经常出现《星光大道》选手的身影,比如有王二妮加盟的那期《巅峰音乐会》,就创造了这个节目的最高收视纪录。

到底是什么原因让2011年《星光大道》总决赛创造收视奇迹呢?

规则还是那个规则,不过就是选手换了新的一拨。已经走向第八年的《星光大道》仍然一路高歌,值得电视人深思。

如果要我来分析,可能结论让人失望:没什么保证收视率的独门秘籍,不过就是各环节越发成熟到位而已。

这期总决赛一开场,就是《星光大道》以往的优秀选手演唱《唱到北京去》,几乎个个都是观众熟悉的明星,《星光大道》完成了一个良性循环,从阿宝开始,把一个个草根人物打造成了中国明星,而这些歌星又回馈《星光大道》,在每次《星光大道》需要他们的时候倾力相助。人们看到开场时,众多《星光大道》打造的明星齐声高歌,不得不佩服《星光大道》惊人的造星能力。因此,这一期的收视率高,有一部分原因要归功于《星光大道》在多年中一步步的积累。

另外,这次总决赛,除去《星光大道》自家推出的明星外,请来的嘉宾阵容也空前强大,超越以往,节目请来了包括阎肃、宋祖英在内的10多位资深、专业的文艺界人士,有这样的豪华阵容,节目的收视率还能低吗?当然,如果不是《星光大道》总决赛,还会不会有这么多大腕明星来捧场?明星们的选择,其实都是相互的,到什么场合参加什么活动，大家心里都有笔账。参加《星光大道》总决赛也成了歌坛一线艺人的一种标志，一种荣光。担任比赛伴奏的是中国人民解放军总政治部歌舞团的交响乐团，这种阵势，也是其他节目很难效仿的。

2011年《星光大道》年度总决赛决出了八强，也意味着新的明星诞生了！

先说第五名，因为当时恰恰是他的名气最大，那就是"大衣哥"朱之文。他是来自山东单县的一个地地道道的农民，平时在家里种庄稼、饲养鸡鸭，但是只要站在台上，他就能脱胎换骨，大放异彩。以前他站在台上时，总穿着一件军大衣，"大衣哥"从此得名，军大衣成为他的形象特征。

第四名，楼兰，漂亮的海军女中尉，具有中国当代军人的风范，她有着大提琴般优美的女中音歌喉，演唱的《草原夜色美》非常有感染力，模样很像章子怡。她还能同时演唱男声与女声，寓柔美大气于举手投足之间，她在总决赛中与李玉刚合作了花腔版的《莫斯科郊外的晚上》。

第三名是来自广东珠海的女歌手娃娃（李烁），长相酷似邓丽君，演唱风格也是以模仿邓丽君为主。在2011年参加《星光大道》后，她就参演了音乐剧《爱上邓丽君》，饰演女一号，在大陆、中国台湾以及韩国等地巡回演出。更了不起的是，在2010年8月深圳举办的世界大学生运动会开幕式上，娃娃与中国第二位男子游泳世界冠军孙杨合唱了主题曲。

再来说亚军无名组合，两个人是来自东北的二人转演员，演唱

第7章 ／璀璨：造星神话《星光大道》

方面，女孩娇娇模仿田震，男孩张尧模仿刀郎。而男孩在表演上模仿《乡村爱情》中的赵四，堪称实力派新星。在总决赛中，他们的助演嘉宾是小沈阳，合作曲目是《爱是你我》，引起台下阵阵欢呼声。

当然，最值得称道的是总冠军刘赛，一位让人永远难忘、能歌善舞、甜美的盲人女歌手，来自张家界的美丽的土家族姑娘。刘赛天生一副甜美的嗓音，她的表演清新雅致，一下子把观众带入张家界的山水画中。让人意想不到的是，作为盲人的她还能跳舞。周赛中在一个直径一米五的大鼓上跳舞，半决赛中又和两位男舞伴跳民族舞，总决赛中也是表演复杂的大型舞蹈。可以说，她的歌声甜美，舞姿令人震撼，而她脸上永远带着的灿烂笑容更令人难忘!

应该说，2012年的《星光大道》，已经成了名副其实的全国综艺节目的领头羊，当然，现在的电视行业，从上到下都有一种新思路，那就是不要把收视率当成唯一的考核标准，这是为了避免各个综艺栏目为了抢收视率而不择手段，出现低俗化的倾向。这当然是对的，不过在2011年，中央电视台实行了全台综合排名——也就是从各个方面考核栏目。各个栏目都能看到这份排名表，而《星光大道》连续两个季度获得亚军——获得冠军的是《新闻联播》。这个排名也说明了《星光大道》在收视率以外的各项指标中，也深受好评，恐怕这更加值得大家深思，叫好又叫座，这可是不容易做到的。

凤凰传奇回来了

《星光大道》捧红了很多歌手,凤凰传奇就是其中之一。不过凤凰传奇太红了,演出场次太多了,因此回到《星光大道》助演或表演节目的次数比较少。

大约在2011年春节过后,我第一次参加《星光大道》节目组的例会时,就听制片人在给大家上课:"导演们要端正心态,不要总用过去的眼光看待曾经的选手。比如凤凰传奇,他们已经不是当初上节目时的普通选手了,没时间回来助演也很正常。"

从2011年以后,凤凰传奇就只在《星光大道》举办八周年庆典时回来了一次。

2012年,《星光大道》做了很多特别节目,比如"残联特别节目""七夕晚会"。但是"八周年庆典"却是最精彩的一期,而且那一期,《星光大道》的知名选手们悉数到场。

开场时登台的是阿宝,倒数第二位出场的是李玉刚,压轴的是凤凰传奇。

在准备这期节目时,制片人曾经提出过,如果凤凰传奇来表演,能否有所创新,比如让玲花表演说唱,让曾毅唱歌。这显然是个好思路,在节目创新方面,制片人很有想法。

录像前一周,我和"八周年特别节目"的总导演见到了凤凰传奇,他们在录一组宣传片。可是当总导演把二人反串表演的意见转达给凤凰传奇时,玲花表示反对,她说这个想法的执行难度很大。

看来这个好创意执行不下去了。

八周年庆典火热进行中。

舞台上,李玉刚正在表演,凤凰传奇已经在拿话筒准备登场了。

我的好胜心又被激发出来。我走到玲花面前说:"玲花老师,您看之前的那个反串表演的创意能实现吗?"

"哦,那你问一下曾毅,如果他可以,我就可以。"玲花松口了。

我马上走到曾毅面前,提出了想法,和气的曾毅一口答应"没问题"。

我连忙去找主持人,告诉他这个好消息,他点了点头。

几分钟之后,出现了新颖的一幕。在主持人的要求下,曾毅主唱了一段《月亮之上》,而玲花则表演了几句说唱,不过就几句,她自己就笑场了,玲花说:"他能上得去(高音),但我下不来。"

尽管这样,观众们还是觉得很有趣。

就这么一个小细节,都需要节目组的人员耐心沟通,但是,努力总有回报。试想一下,如果没有这个小细节,凤凰传奇的节目会不会显得平淡了一些?一期节目的精彩之处,不就在于包含了很多精彩的细节吗?

在《星光大道》栏目组,每个人都是有担当的人,遇到问题,大家都会挺身而出,努力克服困难,而不是"事不关己、明哲保身"。

《星光大道》从2011年开始,逐步成为国内收视率排名靠前的综艺节目,甚至多次名列冠军,这不可能是某一个人的功劳,而是得益于《星光大道》拥有一个优秀的团队，因为无论是导演团队还是制片团队，都具有国内的顶级水平。当然，这一时期，节目的主持人同时也担任着制片人，他的确起到了重要作用。

《星光大道》是中国各年龄段、各阶层的观众都喜欢的节目，这一点很少有哪个综艺节目能做到，尤其是节目深受中老年人和农村观众的喜爱。它和当下那些明星真人秀完全不同，《星光大道》以展示中国普通人的各种生存状态为宗旨。

有这样一个统计，全国所有的综艺节目中，《星光大道》的忠诚度最高，在30%以上。也就是说，在观众群体中，有30%多的人群是《星光大道》的固定观众，这些人把收看《星光大道》当成了生活中重要的娱乐方式。

亮
第 8 章

难忘

北大执教

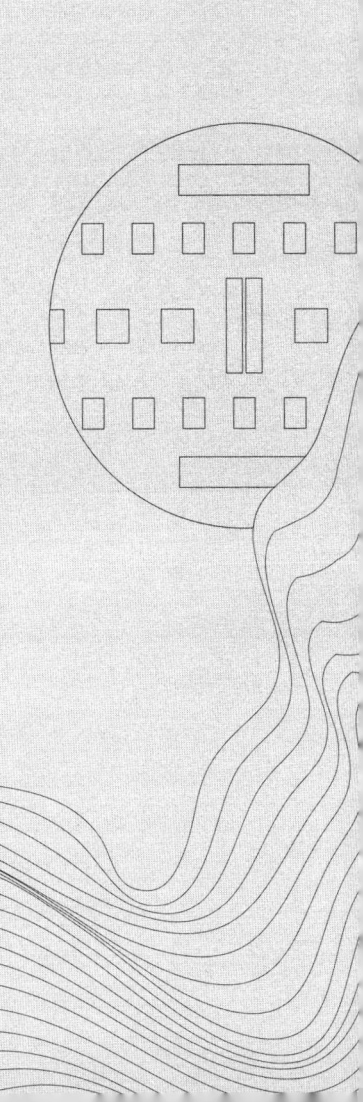

2008年至2011年，我在北大授课三年。那三年授课经历，是令我非常自豪的往事，它让我的社会影响力与日俱增。然而那几年，也是我非常艰苦的岁月，经济窘迫，一直在靠借钱度日。

2010年10月2日，那是我北漂的第11个年头，我给好友李隆打电话，希望他能借我五千元急用。因为我和前妻离婚时约定，我每个月除了给朵朵支付固定生活费之外，在每年的10月份要给朵朵另外付一笔钱，用于她的课外学习等重大开支。而我的积蓄不够了。

李隆正开车行驶在通往石家庄的路上，回家过国庆节。

接下来，李隆说了一句让我足以感激一生的话："5000元？宝哥，够吗？"

我说："要是8000元，我就不用再向别人借了。"

李隆："好的，那就8000元，把卡号给我。"

如果说借钱度日是一种苦难，那么多次失业更是我在北京的"常态"。就在北大任教的那三年中，我更换了八九个栏目组，工作总是朝不保夕。更可怕的是，还有一次是临近春节，忽然被栏目组辞退，那个年是如何过的，可想而知。

第8章／难忘：北大执教

有个细节一直令我难忘。大约在2009年的3月份，我躺在家里的沙发上翻看手机通讯录，看看可以给哪些人发短信，让人家介绍一个工作给我。没有工作就无法交房租，那种求人的滋味不好受。

另外，我在北漂早期，还有一天几乎是露宿街头，因为借住的宿舍被征用。那时我刚来北京，不知道晚上该去哪里睡觉，迷茫之余，只好在地铁里待着，我坐在车厢里发呆，看着列车一站一站过去。不知过了多久，我才想明白，可以去找个小旅馆住一晚，这才出了地铁。

因为我的重心是在工作方面，所以，跟以上这些事相比，2006年夏天，我在铁道部北京铁路总医院（北京世纪坛医院）因打点滴过敏，被送到抢救室留院观察了一夜这种事，也就不算艰苦了，只是个插曲而已。

好了，先放下这些困难，来说说北大课堂吧。

感受北大名师制度

我教的是2007级专升本成人班（包括新闻班与广告班，约220名学生），绝大部分学生已经有了工作。是阿忆推荐我来教课的，他说："因为这些学生比在校生要求高，不满足于书本知识。而且在电视教学方面，北大新闻与传播学院，缺少有实际经验的教师，所以你比较合适。况且，主持工作的徐泓院长听过你的课，对你印象比较好。"

那还是在 2006 年，也是阿忆推荐我来上课的，建议我来讲真人秀的内容，因为中国电视界刚刚流行起拍摄真人秀节目。我就来讲了美国的《学徒》，这是为特朗普招聘分公司经理而创立的节目。徐泓院长和几十名研究生在台下听课。课后徐院长给我发了一个 500 元的红包，我很惊讶："在北大讲课，多光荣啊，还给钱？"

徐院长笑得不行。

2008 年夏天，阿忆给我发短信，请我去北大任客座教授，讲授"广播电视概论"这门课。他告诉我："你应该是北大新传学院聘请的第一位只有本科学历的客座教授。我提议你拿正教授待遇的课时费，徐院长很痛快地答应了。因为徐院长比较开明！"

开学的时候，教务处发来邮件告诉我，一个课时的课时费是多少钱，因为是教两个班，每周上一节课，两个课时，按照正教授的待遇，扣除税，应该得到多少钱。

2008 年 9 月份，我刚开始讲授广播电视概论的时候，有些不知所措，不知道应该怎么教。我甚至还去西单图书大厦买了几本名为"广播电视概论"的教材做参考。然而我发现那些教材并不适合我，一方面，这不是我想表达的内容（那些几乎都是概念性或者知识背景性的信息）。另一方面，如果该学的东西书上都有了，那还用得着老师讲吗？自己看不就行了吗？要讲，就一定要讲书上没有的。

后来我想开了，干脆按照自己熟悉的套路去讲（就像我给很多地方讲电视栏目策划与制作那样）。于是我在第一堂课上就告诉大家："我对电视节目的分类，不是按照内容分的，而是按照节目形态进行分类。那么，每堂课，我就讲一个电视形态，同时拿这个形态的一期代表节目来举例。比如新闻资讯，再比如纪录片，或者娱乐访谈，等等。"

教了一段时间课后，我跟阿忆教授通话："有件奇怪的事，怎么没人来查我的教案？他们也不管我是怎么教课的。"

阿忆说："从建校开始，北大一直实行的是名师制度，请一位老师，会非常慎重。但是既然聘请你了，就充分相信你。至于怎么教课，那是你的事。"

我很惊讶。

当然，我很喜欢这种制度，因为我根本就没有教案。我把北大的每一堂课，都当作一期节目来做。无论是教学内容与形式，还是制定的开放式考题（所以教务处说我教的科目的期末考试没有打小抄的），甚至是课堂点名的方式，我都和别人的不一样。

感谢北大的宽容，让我三年来，一直能用自己非常"任性"的方式去讲课。

感谢学生们的支持，据说我的课堂到课率总是位列前茅。

据说我还创了北大的一个记录，以本科学历来北大讲课，拿的却是正教授待遇标准的课时费。

每堂课的结构是这样的——我是做电视节目的，讲课也是按照电视节目的套路，讲究结构、环节、开场、收尾——开始的时候，我先介绍今天讲哪种电视形态。先是总体讲一些内容，然后就让大家看一个节目，也就是这种样态的代表性节目，在看节目之前，我会详细介绍节目的背景。看完之后，我会补充很多信息，由于参与制作了一部分节目，因此我也会讲很多幕后花絮。

然后是互动环节，组织学生围绕节目展开讨论，学生们可以谈自己的看法，发表意见，或者提出质疑。每个人发言之后，我马上做回应，表达自己的意见。最关键的是，我会从发言的同学中选择一个发言质量最高的，发给这位同学一个奖品，同时期末考试的成绩加3分。教务处也同意了我的方案。这样，同学们就会比较踊跃地发言，毕竟，3分很重要。

因为按照规定，他们只有在毕业时能够通过英语三级的考试，并且各科成绩的平均分达到75分以上，才可以拿到北大专升本的学士学位。这些学生都很想要学士学位。

节目讨论结束后，三个小时的课，已经过了两个半小时（中间休息一次）。在最后半小时内，我会选择一条近日发生的传媒界热点新闻事件（主要是广播电视方向的内容），让大家再讨论一次，然后我做回应，发奖，奖励3分。

奖品的种类大多与论论的节目风格相符或存在着内在联系。我在第二次发奖时，一般会发《凤凰周刊》杂志（因为是探讨传媒新闻，故而用比较权威的新闻性刊物作为奖品），由于《凤凰周刊》每月发行3期，因此，每月中会有一次用《翻阅日历》替代《凤凰周刊》作为奖品。

《翻阅日历》的总编辑就是阿忆,这是本非常有趣的历史性杂志。

这学期,我的完整策划是"让学生初步了解广播电视的概况"(我在讲 BBC 记者出镜的那期节目时讲了广播相关的内容,我举例介绍了自己当年当广播记者时是如何做暗访的),我主要是讲到底该如何策划与制作电视节目,以及电视节目主要分为哪些形态类别,播放并讲解这些形态的代表性节目。从教学计划上看,基本涵盖了目前电视节目的主要形态,而且我让学生们尝试着从制作者的角度看待电视节目。比如关注节目的结构、策划,以及留心片尾的字幕,同时熟悉电视制作领域的一些常用词汇,并了解其内涵。

请嘉宾来到课堂

下学期的公共关系课,我教得比较苦,基本是在探索中进行。不过我还是找到了属于自己的路数。第一个路数,是邀请一些社会公众人物,来讲授自己所在领域的公共关系。我请来的嘉宾有司马南、周岭(1987 版《红楼梦》的编剧)、中医骨科专家黄枢等人,最后一堂课,我还请来了当时事业如日中天的赵普(2009 年夏天)。

赵普很给我面子:"薛老师,我一定会来,但是我只能讲一个小时,因为那天是我孩子满月,家里有活动,我得早走!"

我说没问题,感谢。

赵普讲了他在台湾采访时的公关经历,很有意思。课后很多学生与他合影。

说到赵普,我讲一件往事,是关于他如何来央视工作的。这件事,我一直没同赵普讲过,因为他对我一直非常好,我不需要刻意讲这件事来赚他的人情。现在来讲,也只是分享一些往事。毕竟,"对事不对人"是一个重要的工作原则。

那是在2006年上半年,《开心辞典》的主持人王小丫的男搭档李佳明出国学习。央视办了一档名为《魅力新搭档》的男主持人选秀节目,为王小丫挑选新搭档。我的好友刘正举是总导演,他找我来做策划。

初步海选过后,在一个晚上,栏目组开会,商定参加正赛的30名选手的名单。而选手们参加的正赛,才是要正式播出的节目(一共10期)。

一位分管领导主持会议,她开门见山地说:"我先说第一个意见,我不同意赵普参加正赛。三个原因,第一,我很熟悉他在北京台做的节目,我不喜欢他的风格;第二,即使他参加了这个节目,夺得了好名次,我也不会把《开心辞典》交给他主持。第三,他现在还在北京台。"

大家不说话。按照以往的情况,最高领导说话了,不会有人反对。那么,赵普的命运就会被改写了。

我说话了:"刚才您说了三个原因,我也有三个意见。首先,咱们是否认为,赵普是一位好选手,他来参加节目,会给咱们的选秀节目加分?其次,我们从来没有说过,名次与最后主持《开心辞典》有何必然联系。最后,至于他跟北京台的麻烦问题,那是他的问题。今天

第8章/难忘:北大执教

219

下午，咱们的小秘书已经给所有人打了电话，询问是否能来参加正赛，赵普没有表示不能参加。"

3秒钟的寂静之后，大领导说话了："好吧，赵普通过，来说下一个人选。"

感谢大领导的开明。

在这次会议之前，我只知道赵普是北京台的主持人，有一定影响力（根据我的判断，在这次参赛的选手中，赵普的知名度与实力应该排在前列，这是我力挺他的主要原因）。但是我既没有见过他，也没有看过他主持的节目。

在这次比赛中，赵普获得了第三名，也被调入央视工作。第二名是后来主持《开心辞典》的尼格买提。至于冠军，是我非常欣赏的李晓东，他现在主持《今日说法》。其实，李晓东是非常优秀的娱乐节目主持人，主持《星光大道》都没有问题。而他在早年做文艺兵时，曾经下连队进行演出，除了当主持人外，在演出的共计12个节目中，他参加了11个，唯一没参加的是女生独唱。

回到《公共关系》的课堂。

在上公共关系的课时，在我请的嘉宾中，最难忘的是黑龙江电视台副台长关中，他是我当年在黑龙江广播电台工作时的偶像，也是我的最后一任领导，对我的成长帮助很大。当初我头脑发昏地辞职时，他曾经极力挽留我，可惜我一意孤行，伤了他的心。

2011年的上半年，关中到北京出差，我得知后，力邀他来北大讲课，我建议他讲讲电视新闻界的公共关系。因为关中在黑龙江电视台分管新闻，包括著名栏目《新闻夜航》，对公共关系有经验。

关中接受了邀请。那堂课大家听得都很过瘾。

我在北大这三年中，上的最后一堂课，是在2011年的6月份（那时候我已经在《星光大道》工作了半年多）。请的是旭日阳刚组合中的刘刚。他当时正走红，他来唱了歌，讲了自己的经历，同学们都很喜欢他的朴实。当然，他也唱了《春天里》。

在这一段时间，2009级新闻班的吕江娜帮我找朋友做了一个真人秀电视节目的翻译工作，这是我在外面讲课时需要用到的，是美国的最新节目。我要给她翻译费，可她怎么都不要。

等到上这堂课的时候，我忽然想，如果吕江娜也能发言，而且足够精彩的话，我就送奖品给她，以另一种形式感谢她。她只要属于发言最好的两三个同学之一就行，我一定可以找到理由送她奖品——因为每一次发奖，我都必须公开说明此人获得奖励的理由。

很多学生发言，都很不错。到最后，吕江娜终于举手了。我的印象中，吕江娜很少发言。

让我意外的是，外表纤细柔弱的她，发言铿锵有力，逻辑严谨，观点独到，几乎是本学期最精彩的发言之一，完全超出我的想象！

太好了！

我克制住自己的兴奋，最后总结了本轮发言，然后把奖品发给了吕江娜。同学们照例鼓掌祝贺，一切都如常。

除了媒体界的人物外，我也找了一些商业人物，毕竟商业领域的公共关系最实用。比如广告班的一位在阿里巴巴工作的学生，曾经是韩国闻名一时的"巧克力"手机的中国推广公司策划，于是我就让他在课堂上讲了"巧克力"手机企业是如何做公关的。

我每周都考虑能否请来好嘉宾，如果没有，我就自己找一些精彩的重要事件的视频，从公关的角度讲授这些事件，与学生分享背后的公关策略。而公关课上到最后，就不是探讨传媒新闻了，而是与学生讨论一个"危机公关"小案例，大部分是我经历过的。这个小环节是比较受学生欢迎的环节，因为很有实战性。比如"美女不喝酒""娘家罢婚""杨子不说话"等。

一位2008级的女同学在期末考卷上写了一个"生活中遇到的失败危机公关"的案例（这是一道考题，她讲述的故事很像我讲过的"娘家罢婚"，只不过结局很糟糕），案例的主人公是她的表姐。因为表姐在婚礼上与新郎没有处理好矛盾，结果闹得不欢而散。结婚没多久，二人就离婚了，很伤心的结局。

女同学在卷子上写道："如果早一些知道薛老师处理婚礼危机的手段，表姐也许就不会离婚了。我永远难忘在那个婚礼上，表姐一直哭着的画面，她的妈妈还一直骂她。"

我在课堂上讲的"娘家罢婚"是这样的。1997年，我在哈尔滨主持了一场婚礼，地点在省政府食堂。新郎新娘是大学同学，新郎已经在黑龙江高级法院工作，任书记员，就是未来的法官，很优秀。

可是婚礼出了状况。

那个食堂建筑外观是长条形的，门口在最外端。最里侧有个小舞台，用来举行典礼，我在那里站着，等亲友就位。然而，我忽然看到娘家这边刚进来几个客人，就突然集体退出了，骂骂咧咧的，似乎在说："太看不起人了，回家，不结婚了。"婆家客人很尴尬。

我过去询问，得知是"摆错了桌位"。按东北习俗，娘家客人是贵宾（这次是用一个大巴车从农村县城接来的），因此应该坐在最里面。结果服务员疏忽了，把几个娘家客人的桌牌摆在了最外侧。导致几个娘家客人很不高兴，认为受了慢待，于是嚷嚷着要罢婚。

我觉得有些蹊跷，这么点小事，不至于罢婚吧。

等我问了新郎家的"知宾"——新郎的叔叔，才知道双方之前在彩礼方面没有谈妥。娘家的要求没有得到满足，因此留下了隐患。人家在等机会"找茬"，结果新郎家到底出了疏漏。

这是"题面"，也就是故事背景。我的问题就是："娘家要罢婚，作为婚礼的主持人，我应该采取哪种行为，化干戈为玉帛？"

每次到这道题的互动环节时，都是课堂上最热闹的时候。可惜，绝大多数学生阅历浅，出的主意不对。有的人说"重新摆放桌牌、好言相劝"，或者"解释坐外面的才是贵宾席"。可是人家明显是来找茬，这么做解决不了深层次矛盾。

有个别女同学提出"让新娘子出面劝自己的娘家人"。我说："这是最糟的结果！对于任何女性来说，结婚都是一生中最美好的事情。如果她知道这种情况，一定会非常难过。最好不要去打扰她。"

解决危机公关，我的原则就是：弄清根源，找到关键人物，简单

第 8 章／难忘：北大执教

直接，快速搞定。

1997年的时候，我是这样解决的。我问新郎的叔叔，女方是谁在负责家属招待。答曰新娘的舅舅，是一个乡长。我就让新郎叔叔带我去见，他一指："看，大巴车下面抽烟的那个就是。"我判断，对方并不是真心罢婚，只是想要个面子而已，否则就不会在大巴车下面待着了。

我上前自报家门，介绍我是省电台主持人，婚礼司仪。然后我说："摆错桌牌肯定是这边不对，希望能原谅。听说新郎新娘是大学同学，感情非常好，我也听说结婚之前双方因为彩礼问题有过矛盾，希望不要在今天解决。目前新娘子还不知道这件事，如果知道了，一定会非常难过。我相信你们做长辈的，都希望新娘子今天一直开心。如果有问题，婚礼之后可以继续沟通。"

这时候，新郎的叔叔也跟着道歉。然后新娘子的舅舅就跟旁边的一位一直在紧张地观望的农村老太太（估计是新娘子的母亲）说："算了，不跟他们计较了，他们家就这样。"然后娘家人陆陆续续地回到了婚礼现场，一切继续。

关于这三年的教学工作，我只能给自己一个及格的分数。我并不满意自己的教学，尤其是公共关系这门课，毕竟我不专业。虽然我强调了实践，但是在理论层面做的工作太薄弱了。而高校教学，应该是实践与理论相结合。

更令我难忘的是同学们在课堂上为我过生日，对我来说，完全是个惊喜。

2009年6月7日是我的生日。那天也有课,我请来的是《经济半小时》的著名调查记者袁柏欣,让他来讲讲自己采访中遇到的"公关"问题。

学生们拿出了准备好的礼物——新闻班和广告班各准备了一份,广告班准备的礼物是个快递来的生日蛋糕。大家一起唱生日歌,我的小表妹郭玉可正好来听课,她给我拍下了幸福的照片。

后来我得知,这次过生日,广告班的小班长是总策划人,这更让我欣慰。因为就在这门公共关系课开课不久,正是这位广告班的班长,和几位广告班的学生到教务处,提出不让我教公共关系,理由就是我没有这方面的工作经验。

教务处没有接受她们的意见。

这件事,过了一两个月后我才知道,它让我倍感压力。

好在这一学期终于挺过来了。而且从广告班班长主动策划我的生日来看,她们对我这一学期的授课基本满意。

我一共给2007级、2008级和2009级共3个年级的专升本成人班教授了广播电视概论与公共关系这两门课。后来,这个成人班不再招生,我就终止了教学。

课堂上的点点滴滴

给 2007 级学生上课的后半学期,正值 2009 年夏天。

我当时在旅游卫视的日播娱乐资讯节目《潮流派》做制片人,栏目组人手不够,需要实习生,我就在班级内进行了"招聘"。结果有三四个学生到我那里做了实习生。

教务处小曾老师很高兴,她说:"目前高校很在乎就业率,我们鼓励老师提供实习机会。"

实际就业率方面,我恐怕没什么帮助。但是在提高思维技能方面,我愿意多努力。不止一个学生后来告诉我,正是我在课堂上传授的一些"方法""手段",让他们多了一些解决工作中问题的办法。

另外,如果我在生活中遇到了教过的学生,那也是很开心的事情。

我在居住过的铁建小区遇到过一位高个子男生,他也住在这个小区。在地铁站遇到过一位我教过的女生。

最有意思的是,参加好友李隆的儿子满月宴时遇到学生,李隆从他的角度讲述:"我(李隆)跟王利明同桌,他也是广告界的。他忽然对我说,那个桌上的是薛宝海老师吗?我说:'对啊,你认识?'王利明说:'那是我现在北大的老师。'"

于是李隆就陪着王利明过来找我敬酒。

据李隆说,我端坐不动:"你是哪个班的?你是不是不常来上课啊？我怎么对你没印象？"站着敬酒的王利明连连点头："是，来得不多，对不起，以后我一定经常去上课。"李隆乐得不行："赶紧表现，把酒干了，要不然期末抓你补考。"

大家哄笑。

北大执教三年，我一共批了大约1300份卷子，只有一份不及格，因为那个学生在答50分的论述题时，只写了一行字，而且莫名其妙，我想帮他都帮不了。

在课堂上与学生互动，是让我最开心的事情。

由于教室比较大（最常用的是二教二楼的一间很现代化的大教室），上课的人数比较多，有些同学听不清别人的发言。因此，每当有人发言时，我一定会选择站在距离他最远的地方，与他相向而站。

对于这种做法，我做了解释："你的发言，不能仅让我一个人听见，还要让全班人都听见。我离你比较远，为了让我听见，你就会大声说话，这样大家就都能听见了。"

由于我经常找那些不常举手的学生发言（只要看见有面孔陌生的学生举手，我多半会挑他们发言），以至于有些学生在课下提过意见："老师，有些学生发言水平比较低，半天都说不明白，浪费时间。建议您以后多找那些常举手的、优秀的学生发言。"

我在接下来的课上公开做了回应："我会坚持自己的做法。因为对我来说，鼓励优秀的同学不是最重要的，公平最重要。我在乎你们每一个学生。我现在还记得，自己在学生阶段，举手发言，被老师点到，那是一件多么光荣，多么令我高兴的事情！"

记得有一次互动，一位年轻的男生发言，说得很精彩。我准备发给他奖品和奖励3分，我问他："你是哪个班的，叫什么名字？"我准备登记，好在期末加3分。

他的回答让大家很惊讶："老师好，我不是您这两个班的，我是北大的保安。"我马上说："来，大家给他掌声鼓励！你很了不起，奖品还要给你！"同学们报以热烈的掌声。

还有一位香港某报刊的女主编也来听过几次课。北大的旁听生一直很多。如果不是因为住得远，我也会来北大旁听一些喜欢的课。

阿忆教授后来跟我说："现在我也跟你学了，上课互动发奖品，效果很好。"

其实最初，发奖品这个做法我是跟神探李昌钰学的。那是在2004年，我还在《东方时空》做策划。有一天同事回来说："下午去台里听李昌钰讲课，他提问，有人回答之后，李昌钰说很好，来，奖励一块糖。还真的给了一块糖，挺好玩。"

当时我就在想，以后我上课也发奖品，会调动学生的积极性，活跃课堂气氛。当然，发的奖品，还要跟课堂内容有关才好，至少也要发那些自己想要推广的东西。

在去北大正式教课之前，我在外面讲有关电视行业的课，也会发奖品。经常发的是我喜欢的小说，或者班得瑞的新世纪音乐CD。这里透露一下，我是新世纪音乐作品的土豪，家里有几百张新世纪音乐碟。每天我一起床，就会播放新世纪音乐，直到晚上睡觉时才关上音响。从早到晚，我家里一直飘着新世纪音乐的乐声。

从第二学期开始，发奖品这方面，我做了一些调整。我把"发奖品"与"加3分"分开了。获奖的学生名额增加到两位，发言最精彩的同学先挑选是加3分还是得奖品。这样，会有更多学生得奖。

我的点名方式也比较特殊，比如我会问："新闻班班长在吗？报一个你的幸运数——你说的是7吗？跟我的一样，真巧。好吧，现在按顺序点名，我只点尾数是7的学生，007×××在吗？"

后来上课时，我也偶尔点名，都是用这种方法，找一个数字，然后只点学号尾数是这个数字的学生。这样做，节约了时间，也比较有趣。当然，点名未到的同学，会在期末时被扣3分。

按照我的规定，学生可以请假。由于我在上学期第一堂课上就公布了自己的手机号码，所以如果学生需要请假，可以给我发短信，或者发短信给自己班的班长，否则视为旷课。

最后一堂课

在第一学期的所有课程中，我比较满意最后一堂课。因为在这堂课上，学生们参与讨论了整个节目的实际策划与录制过程。

早在2008年10月份（已在北大讲了一个多月的课），我刚接触到残奥会芭蕾女孩这个选题时，就被选题深深打动，我几乎是一边流着眼泪一边写完了主持人开场词。而且，节目策划案还没成形，我就已经在北大课堂上对着学生们"模拟开场主持"——"大家来看这几幅在地震中拍摄的照片,这是四川省北川县的一名五年级小学生李月,在地震中,她的左腿被压在承重墙下,她哭着求救援人员不要截肢,因为她想跳芭蕾舞。但是不截肢就会有生命危险,在地震发生了69个小时后,李月被截肢……3个月后,小李月以另一种光彩照人的风姿出现在全世界面前!"

随后,我播放了录像,在北京残奥会开幕式上,李月领跳《永不停跳的舞步》。

而在后来实际录制的节目中,许戈辉就是这样开场的。

我倾尽全力地准备这期节目,从开始策划到节目播出,前后历时两个月,中间遇到很多困难,我们节目组一个一个地去克服。而且我始终把整个策划、录像与后期制作的过程同步地告诉我的学生们。正式录制时,还有一小部分学生到演播室进行了观看。最让我欣慰的是,在期末考试中,有一半以上的学生在写"本学期最难忘的节目"(一道简答题)时写的就是这期节目。很多学生都写道,他们也是一边流着眼泪一边看节目,李月的坚强与乐观打动了他们。许戈辉在主持节目时对李月的呵护也感动了学生们,尤其是当他们知道了这期节目制作的背后故事,他们都真正了解到电视制作这个领域的复杂与艰难。

在这堂课上,我还请来了当期节目编导王竞瑶,她介绍了更多幕后的事情,比如当初李月母女俩拒绝我们采访。表面上看,原因是李月已经获得帮助,在北京小学上学,没有时间录节目,其实更重要的原因是，有些不负责任的媒体伤害了母女俩，让她们畏惧媒体。李月妈妈说："奥运会过后，来了100多家采访的媒体，可真正关心我们的极少极少，我们现在生活得很困难，生活费都缺少！"

在这种局面下，我和王竞瑶开始从关心母女俩的生活入手。比如我找人给她们租的房子卫生间装了两个扶手（李月一条腿不方便），再比如娘俩不敢用电梯（这是最让我心酸的，娘俩住二楼，第一次从楼上下来时坐了电梯，结果电梯管理员说"从二楼下还坐电梯"，以后母女俩就不敢坐电梯下楼了。每次李月妈妈都是先把李月抱下楼去，再把轮椅拿下去）。当我发现这个问题后，马上去找电梯管理员交涉。现在的几位电梯员都说能理解残疾小女孩，让她们母女俩从二楼坐电梯下楼。我记得解决这个问题后，李月母女俩高兴极了。

其实，帮助一个人，往往就在于你是不是真的用心。

我一直很难过，我的能力有限，不能更多地帮助困苦的母女俩。记得第一次抱李月下楼时（那时没解决电梯问题），我托着她的双腿将她抱起，心里咯噔一下——我的手碰到了她残缺的左腿（膝盖以下被截肢）。我真切地感受到了，这是个残疾小姑娘，一个比我女儿小一个月的小女孩。生在贫穷的家庭中，尽管出了名，可没有得到多少实际帮助，她该怎样走完自己的人生之路呢？

后来，我又通过我的朋友高光勃，联系了中国扶贫基金会。他们发给李月一些奖学金，钱不多，但是总能解决一些问题。在我看来，做编导，首先要学会做人，只有真诚善良，做出的节目才会打动人。

第8章 ／难忘：北大执教

期末无人打小抄

2009年1月中旬，我在北大新闻传播学院教的广播电视概论这门课正在进行期末考试，我是监考老师之一。教务处的小曾老师提前告诉我："监考之后，您直接把200多份卷子拿回家批阅，就不用特意来取了，很省事。"

快要收卷子的时候，小曾老师笑着对我说："薛老师，您这堂课的考试，没有打小抄的。"我也笑了，没想过会有这样的效果。"当然，我看了您的考题，都是主观论述题，也没法抄别人的，只能自己答。"小曾老师补充道。

的确，我的期末考试卷，以主观问答题为主。而我的教学，也是开放式教学。

期末考试结束后，过了几天，教务处的小曾老师给我打电话："薛老师，您愿意下学期教公共关系吗？还是这两个班的课。"

我很惊讶："以前我都不知道还有这门课。怎么想到让我来教这门课呢？"

小曾："是这样的，以前教公共关系的是北大的一位老教授，可惜到课率不是很高，而上学期您教的广播电视概论到课率那么高，您也一定有办法让公共关系有很高的到课率。"

我喜欢挑战，爽快地接受了自己没有把握的新课程安排。

你们太优秀

2009年初的这个寒假，我在家里批阅卷子。我觉得很多学生都回答得非常精彩，富有想象力。因此我给的分数也比较高，平均都是在85分左右，不过为了严格控制高分比例，过90分的只占10%。

在简答题中，多数学生选了第一题（在本学期的课堂上所观看的电视节目中，哪一个节目让你印象最深？请介绍那个节目的概况，以及分析它的主要特色）。其中一半以上的人选了在最后一堂课上观看的采访李月的节目，而学生们举的最多的例子是在节目中，当谈到地震中李月被迫截肢时，许戈辉打断了这个话题，她征求李月的意见："月月，咱不谈这段了，好不好？"许戈辉是怕李月的心灵再次受到刺激和伤害。这种尊重嘉宾的做法得到了学生们的一致好评，更多学生指出，很多主持人和记者就做不到这一点。

当然，让包括许戈辉在内的所有人没想到的是，李月爽快地说："没事儿，有些事儿我都不知道，谈吧。"仅仅从这一个细节上就能看出李月那超乎常人的坚强与乐观。

学生们几乎选了本学期所涉及的所有节目，答卷时写的比较多的是陈永贵的那个专题节目。一位学生写道，她几乎是睁大了眼睛看完的这个专题片，他们这代人完全不熟悉这段历史。他们之所以关注这期节目，不光是因为精彩的故事化讲述打动了他们，更多原因是这段陌生的历史令他们充满好奇。其实，陈永贵才去世20多年，如今

"80后"的学生们却都不熟悉他的事迹了。

再说说论述题中的"怎样做2009年央视春晚总导演"。

学生们的考试时间是在1月初，央视春晚还在紧张的筹备中，这道题充分证明了民间智慧的无穷无尽。比如有的学生大胆建议把整台春晚做成一个舞台剧，然后把各个节目安插其中。还有各种花样百出的建议，比如"建议春晚从晚上七点钟开始，取消新闻联播，估计那天也没人对新闻感兴趣了"。还有一个学生写：如果我当春晚总导演，就请张艺谋来当副总导演（几年后，同样是电影导演的冯小刚来当了春晚总导演）。我喜欢这种表达，有个性嘛，而且学生还像模像样地勾勒了他理想中的春晚框架。

学生们的回答让我深深感到，没有糟糕的学生，只有不合适的教学方法。其中有几篇期末考试的文章足以在报纸或网站上发表，还有些文章让我百看不厌，其实，不过就是这种开放的教学方式与开放的考试方式释放了他们的潜能而已。现在居然还有人说中国的学生质量在下降，我看还是先检讨一下我们的教学方法吧。

广播电视学科很强调实践的重要性，更重要的是它离我们每个人都很近，大家都可以对每天看到的主持人和电视节目评头论足。也正是这种评头论足，才会让电视台看到观众的真正需求，才会让节目越做越精良。在这方面我做了一些尝试，希望能给高校同人们提供一些借鉴，毕竟大家都希望中国的电视节目越做越精彩。

这次考试，最让我难忘的是一位名叫翟江伟的2007级新闻班学生，写了一篇让我拍案叫绝的好文章。这是一篇评价主持人的短文，她写得特别精彩，观点清晰，论据充分，我就给了20分满分（既是本学期也是这三年来唯一的单题满分）。而且我还将文章推荐给了专业期刊《视听界》，很快就发表了。

我一直以为翟江伟是个男生，阅卷激动之余，我还发了短信给"他"，告诉"他"下学期一开学，我就要当众念这篇满分文章。等到下学期开学了上第一堂课，当"他"起立答谢大家的掌声时，我才发现"他"是位女生。

翟江伟后来写了一篇文章，描述了她的这段经历，名为《我欣慰，你记住了我的名字》。这是篇让我非常喜欢、非常感动的文章。其中也生动客观地讲述了我在北大第一学期的讲课经历。

2009年3月份，我上了开学后的公共关系第一课。我首先回顾了上学期广播电视概论的期末考试情况。我坦诚："大家的分数比较高，平均在85分以上。那么是什么原因呢？有三种可能，首先，你们非常优秀——不，我从来没觉得你们特别聪明，更没觉得特别优秀。"

大家笑了。

"第二个原因，我教得特别好，所以你们得高分——不可能，我是业余教书，不可能很优秀。那么是什么原因呢？是开放的教学，开放的考试，激发了你们的潜力，才使得期末考卷答复那么优秀。而且，还有一位学生单题得了满分！要知道，你得比我写得还要好，才能得满分，这道题是什么题呢？"

我读了翟江伟的那篇满分文章，同学中一片赞叹声。我又请翟江伟起立，让大家认识一下她，我很惊讶地说了一句："原来你是女生啊？！"

"最受欢迎的薛老师"

结业典礼也令我非常难忘。

2007级学生结业的时候，我和几位任课老师给他们颁发学士学位。主持结业礼的陈刚副院长说："那就让最受学生欢迎的薛宝海老师代表任课老师讲几句话吧。"

能得到陈院长的肯定，我很惊喜。因为在这之前，我都没有见过他。

我说："祝贺大家顺利毕业！我讲三句话，第一，中国的电视行业正在蓬勃发展，希望有更多同学加入到这个行业中来。第二，有大约一半的学生获得了学士学位，恭喜你们。第三句话，还有一半的学生没有获得学士学位，没关系，这只是一个新的开始。曾经有一位，跟你们一样，本科学士学位都没有拿到的人，也来北大讲课了，那就是我！"

同学们哄堂大笑。

说来惭愧，1994年，我从齐齐哈尔师范学院中文系毕业（现与齐齐哈尔轻工学院合并为齐齐哈尔大学），由于我的学习成绩排在倒数几名，所以没有获得学士学位。当然，这主要是因为我把精力都用在课外活动了，再加上我反感当时的教学与考试方式，我认为那是填鸭式教学。比如宋代文学这门课，期末考试是让大家背30首宋代诗词，然后从中选 10 首来默写，这门课我就没及格。所以出于逆反心理，我当时没有好好念书。

结业课发言拿自己举例，当然是因为我很在意那些心情失落的学生，他们不能站在北大图书馆前，穿着学士服、戴着学士帽与大家合影。

在宴会上，一位小个子男生，喝了酒，脸红扑扑的，他过来向我敬酒："薛老师啊，太感谢您了，我能得到北大专升本的学士学位，主要就是因为您那两科给我的高分数啊。"我问他得了多少分——两科都是 85 分以上，其实这是正常分，只要认真答卷，基本都能得到这种分数。

但是旁边的英语老师一脸愁容，一直在喝闷酒。他说："薛老师，同学们都很喜欢你，因为你给的分数高。我很冤啊，因为英语考试不是我出题，是北京市出题啊。"

在 2007 级学生中，有位胖乎乎的男生让我印象很深（他的名字我实在记不住了），他是上一届的学生，广播电视概论的考试他没及格，留级到我教的这届继续念书。期末考试前，他对我说："薛老师，这门功课，我只要拿到 70 分，我就能拿到学位，拜托您高抬贵手！"

我有些反感这句话："什么叫高抬贵手？你这学期总是来听课，而且上课踊跃发言，成绩应该不错啊。"男生说："我很不自信。而且，过几天我要出国去澳大利亚，如果成绩出来了，麻烦您给我发个短信，因为我会一直惦记这个分数。"

批完考卷后，我并没有给他发短信，因为我觉得这也是一个磨炼他的机会。

后来在春节之前，他实在忍不住了，给我打电话。我先是教育他："你为什么对自己不自信？成绩的好坏，和你的付出有关啊，你这种心态怎么能做好事情？"

他一再道歉，最后问我给他打了多少分。我平静地说："91分。"

电话那端，他大叫了起来，连声说"感谢"。

我很享受这个时刻。

回顾在北大授课这三年，有太多珍贵的记忆值得我铭记一生，感谢学生们的爱戴，感谢北大的包容，让我一直能用自己的方式去讲课。

附文

我欣慰，你记住了我的名字

翟江伟

我叫翟江伟，江河湖海的江，伟大的伟。从上幼儿园开始，我就这样向别人介绍自己。有人叫我江伟，有人叫我翟江伟，前者像我的爸爸妈妈那样略去了姓，后者称呼我完完整整的名字，听起来干脆、清晰，两者我都喜欢。

记不清已有多久没有听到别人叫我的名字了，自从工作后，所有同事都叫我"小翟"。要是这样称呼我的人是一些德高望重的老前辈，或者即使算不上德高望重，至少年龄比我大些，哪怕比我大一天，我也觉得并无不妥。前几天单位招了新人，新人问该怎么称呼我，我竟然一时语塞。同事间无论年龄大小，都互称"小×"。有一次银行办理信用卡的工作人员打电话确认个人信息，问我的一个同事："翟江伟是你们单位的吧？"那同事过了许久才反应过来，终于悟道："哦，有，小翟。"可我叫翟江伟啊。

不知是因为三个字的名字不容易说，还是我的名字拗口，当我意识到已经有很长一段时间没有听到别人叫我名字的时候，我的心里就莫名地难受，这种难受居然开始加剧，我甚至有些发慌了。我寄希望于北大的课堂，哪怕有哪个老师点到我的名字，我想我也一定会激动不已的，但整整一个学期过去了，我的希望落空了。

我在北大读书时，我们班的班长叫王芳，班里还有个漂亮的女生叫李芳。老师们总是很容易记住这样的名字，并和她们聊天、沟通。我嘴上不说什么，其实心里羡慕得要命。我自认为是一个卑微的人，高中时在作文中就写过"我愿意自己是一只小羊，谦卑地把头低下，然后善良"这样几乎低到尘埃里的句子。让我去跟老师聊天、套近乎，几乎是不可能的事情，无论我有多喜欢这个老师，我都不会表达。薛宝海老师就是一位这样的老师。我喜欢他诙谐幽默、才华横溢、风度翩翩，甚至有些自恋。是的，自恋，很多同学在听他讲了第一节课后都会这样说。但一个学期里，薛老师的课堂上每次都是座无虚席。我想那些被别人称作自恋的人一定是幸福的，因为他必定有自恋的资本，和他素不相识的人都被他的魅力吸引、折服，他自己又怎能不喜欢自己呢。

做学生的就是这样，能被老师记住名字，被老师认识，总会感到很得意的，尤其是自己喜欢的老师。我听着薛老师叫王芳，叫李芳，叫贾媛媛，叫很多同学的名字，唯独没有叫过我的。记得上一个学期的最后一节课时，我拿了一个崭新的本子，我对自己说，在这学期结束时一定要让老师给我签一个名字，因为以后就没有机会了。9:00上课，8:15我就到了，我找了一个靠边的位子坐下，看

逆流顺流 ／ 我的电视时代

着教室里的人群由稀稀拉拉变得密集起来，看着那些经常被老师点名，被很多人所认识的同学陆续走进来，我心里鼓了很久的勇气却一点一点地减少，直至消失殆尽。薛老师进来了，和往常一样富有魅力，而我却用近乎颤抖的手抚摸着自己崭新的本子，再默默地装进包里，直到眼泪掉下来。

在这最后一节课上，我认真听讲，眼巴巴地望着老师，心想，也许这是最后一次见面了呢。直到我做梦一样地听到一个声音，下学期，他将作为我们的公共关系课的老师，继续为我们授课，那一刻，我没有自己想象的那么激动，但在一瞬间，我突然明白了一个词，什么叫作来日方长。

期末考试在上完最后一节课的一周后如期而至，试卷上尽是谈论自己看法的开放题。从小到大，一直有人说我字迹漂亮，大学时即使我有不会的简答题，也能因字迹娟秀而让阅卷老师手下留情。考完试后已是年底，正当我兴致勃勃地置办年货，准备回老家时，我收到了一条短信，薛老师发的信息："你的最后总分是91分，那篇写白岩松的文章我百看不厌，精彩至极，令人拍案叫绝，是目前2007级中唯一的单题满分，20分！恭喜，下学期第一堂课，我准备当作范文推荐。"

也许你无法想象，那一刻我的心情有多么……事隔很久，那种感觉依然无比清晰真切，仿佛我在那一秒的心跳可以穿越时空。无论何时，只要想起，就感觉真实无比，只是过了这么久，我依然没有找到贴切的词来形容我当时的心情。

咳，不过是一个考题嘛，何喜至此！我就是高兴，我愿意，就是

附文／我欣慰，你记住了我的名字

愿意。我打电话给妈妈，从小到大，无论身处何地，只要有高兴的事，我告诉的第一个人都是妈妈。何况，这么大的事儿呢！事后想想，觉得自己真不知羞，可那个时候就是那样，谁控制得了呢。

过完年的两周后就开课了。我穿上漂亮的衣服，把自己梳洗得干干净净，就去上课了。一天三门课，薛老师的课被安排在最后。我耐心地等待着，心里像揣了朵含苞欲放的花骨朵儿，只轻轻一触，就要满山遍野地绽放啦。我仿佛就是为了这一天，为了这一时刻而生的一般，内心欣喜又忐忑。

"上学期大家的表现非常好，考试成绩也很好……"在介绍完本学期的教学计划后，薛老师终于把话题转向了上学期的考试，我的心跳有些快了。"你们的成绩优异一定是你们的论述打动了我，只有打动我的论述我才会打高分，那要写得怎么样才能得满分呢。"他略有停顿，接着说，"那一定是写得比我的文章还要精彩，我们有满分的吗？"他卖着关子。我仿佛已经知道他接下来要说些什么，可似乎又猜不到，他表扬了班里这门广播电视概论课获得考分最高的学生，表扬了写出精彩句子的同学，却迟迟没有说到我。我的心已经几乎平静下来了，可是就在这时，他走到讲台上拿起话筒，在用尽了华丽、褒奖的辞藻进行点评后，他开始朗读我的文章，在他富有磁性的声音中，我那篇文章犹如泉水般汩汩地流淌开来。

那一刻，几乎所有的人都屏住了呼吸。读到精彩之处，很多同学发出了赞叹声（这是后来薛老师发短信告诉我的，他说你听到大家的赞叹了吗）。这时候我都是感觉不到的，我整个人都傻掉了，我的内心像个被羞红了脸的孩子，表面却冷静得不动声色。

"这篇文章的作者就是新闻班的134号同学翟江伟，这位同学在吗，我很想认识你，麻烦你站起来。"就这样，我站了起来。薛老师的第一句话居然是："原来你是女生啊？！看名字我还以为是男生。"

没有想象中的羞怯，我大大方方地站了起来，接过他交给我的话筒，向他和所有的同学做了简单的自我介绍。

我发现人的很多主观感受在应急时是来不及细细体会的，即使有感受，那也一定是在事后回味揣摩的。所以如果再有人问英雄在舍己救人那一刻的脑海中在想什么之类的问题，实在是有些愚蠢的。那一刻是怎样的？在那一刻，我清清楚楚地听到了自己喜欢的老师用赞赏的语气喊我的名字，翟江伟。在那声呼唤后，我毫不犹豫地站起来，拿话筒，微笑，讲话……所有的动作都是那样自然地发生了，在当时，那感觉是无法获知的，没有感知的时间，没有事后回味的冷静心态，只在那时……

几周以后，在和薛老师聊天时，他说："我刚刚看到你在我博客中那篇写顾城的文章下留言了。"我说："那是去年的事儿了。"他回："缘分从今年才刚刚开始。"

我只是很欣慰，薛老师记住了我的名字，终究是记住了。

附文　／我欣慰，你记住了我的名字

图书在版编目（CIP）数据

逆流顺流 / 薛宝海著. -- 重庆: 重庆出版社, 2020.9
ISBN 978-7-229-15158-4

Ⅰ.①逆… Ⅱ.①薛… Ⅲ.①散文集－中国－当代 Ⅳ.①I267

中国版本图书馆CIP数据核字（2020）第129301号

逆流顺流

薛宝海 著

策　　划：	华章同人
出版监制：	徐宪江
策划编辑：	朱　姝
责任编辑：	秦　琥　朱　姝
责任印制：	杨　宁
营销编辑：	史青苗　黄聪慧
封面设计：	@刘哲_New Joy

重庆出版集团
重庆出版社 出版
（重庆市南岸区南滨路162号1幢）
投稿邮箱：bjhztr@vip.163.com
三河市九洲财鑫印刷有限公司　印刷
重庆出版集团图书发行有限公司　发行
邮购电话：010-85869375/76/77转810
重庆出版社天猫旗舰店
cqcbs.tmall.com
全国新华书店经销

开本：880mm×1230mm　1/32　印张：8　字数：140千
2020年9月第1版　2020年9月第1次印刷
定价：49.90元

如有印装质量问题，请致电023-61520678
版权所有，侵权必究